ibrary

歌合

平凡社ライブラリー

Heibonsha Library

職人歌合

網野善彦

平凡社

本著作は、一九九二年十一月、岩波書店より刊行されたものです。

目次

第一講

はじめに

これから「職人歌合《しょくにんうたあわせ》の世界」というテーマで、お話し申しあげたいと思います。

最初におことわりしておきたいのは、いま「職人歌合」という題名で知られている作品は、中世、この歌合がつくられた時点では、おそらくこういう題名では呼ばれていなかったのではないかと思われる点です。あとでふれますが、この歌合の序文にでてくる「道々《みちみち》の者《もの》」、あるいは「諸道《しょどう》」「諸職《しょしき》」という言葉に注目すべきで、本来は「道々の者」の歌合と考えられていたと思われますが、多分、中世後期から江戸初期にかけて「職人歌合」と通称されるようになったもののようです。ただここではこの通称に従って、お話しすることとしたいと思います。

まず「職人歌合」といわれる様式の作品が生まれる背景を考えてみた

いと思います。

職人への関心

職人、さらに一般的にいって職能民のように、一般の平民とちがって、特異な能力をもち、それを生業にしている人びとに対して、古くからさまざまな立場からの関心がよせられてきたことは、諸民族――人類社会に共通しているといってよかろうと思います。

たとえば、鍛冶職人に対して、世界の諸民族にはいろいろなかたちの神話や伝説が伝わっています。鍛冶を尊重する社会では、祭司や魔術師と関連させて考えられていたり、あるいは「一つ目の人」という伝説と結びつけられたりしています。これはこういう職能が人の力を超えた世界とつながりをもっていると考えられていたからであろうと思いますが、鍛冶にかぎらず、職能民にかかわる神話、伝説は、諸民族それぞれに、多様なかたちで見ることができます。

『芸術家伝説』

この問題を考えるうえで、大西広さんが中心になって翻訳されたエルンスト・クリスとオットー・クルツによる『芸術家伝説』（ぺりかん社）はたいへん参考になります。ここで芸術家といわれているのは、彫刻家や画家だけでなく、かなり広い意味を持っていますが、この書は、芸術家とその活動にまつわるいろいろな伝説、その誕生、あるいは子どものときの伝説や創作活動に関する伝承を幅広くとりあげており、これを分析することによってそこに民族をこえたあるパターンが見出されること、いわば人間の本質につながる問題があることを明らかにした非常に興味深く示唆に富んだ書物です。

しかし、この本は、だいたい西欧を中心にしており、ギリシア、ローマからインドあたりまでは目配りがきいていますが、中国や日本についてはほとんど言及されていませんので、大西さんは中国・日本の伝説を多く蒐集され、それを補足しておられます。

これによってみますと、芸術家の作品の制作にあたって、天使やマリアが関与をしているとか、子どものころから芸術家にはふつうの人とちがった独特の能力が具わっていたとか、芸術家が描いた作品それ自体が生きたものとまちがえられる、あるいは実際に生きて動くというような話が広く世界にわたって伝えられていることがわかりますが、日本や中国にも同じパターンの伝説がたくさんあることは御承知の通りです。たとえば、雪舟の描いたネズミの話や、夢の中での神様のお告げ、あるいは仏様の助けで作品ができたという話がたくさんあります。これらの伝説を全体として見ますと、これは独特の職能を持つ人びとに対する、ある時期までの人類の共通したとらえかたといってもよいように思います。

こういう職能民に対する社会の広く強い関心、ときには畏れと敬いをもって職能民を見るみかたを背景にして、それぞれの民族に固有な表現でいろいろなかたちの文学や絵画が生まれてきました。その中には、職能民にまつわる伝説を集めた文学、それを絵画によって表現したもの、あるいは職能民にかかわる歌を集めたものなど、いろいろなタイプのものがあると思いますが、私は不勉強なため、こういう種類の作品がそれぞれの民族にどのようなかたちで伝えられているのかについては、ほとんど知っておりません。西欧、中国、日本だけではなく、インドやイスラム系の諸民族、あるいはアメリカ大陸など、広い視野で見ると、職能民に対する関心から生まれたさまざまなかたちの絵画、造形あるいは文

西洋の職人絵

学は、恐らくたくさんあるのではないかと思います。

ただヨーロッパの場合には、ドイツの『西洋職人づくし』という非常に有名な本が知られています。これは日本でつけた題名で、岩崎美術社から小野忠重さんという方の翻訳で出版されていますが、原本はハンス・ザックスが詩を書き、ヨースト・アマンという人の版画がそれにつけられているという形のものです。原題は「シュテンデ・ウント・ハンドヴェルケル」――「身分と手工業者（工人）」ですが、まさしくこれは日本の「職人尽絵《しよくにんづくしえ》」「職人歌合」にあたる本といってよいと思います。しかし、この場合、「シュテンデ」（諸身分）といわれていることからわかるように、教皇からはじまり枢機卿以下の聖職者、次いで皇帝、国王、君侯、貴族が並べられ、そのあとに医者、薬剤師から木版師、紙すき、絵師、ガラス師など多くの職人がならび、最後には守銭奴、大食い、道化師、がらくた売りにまでいたる、という形になっています。この点「職人歌合」と多少ちがうところもありますが、版画で描かれた非常に多様な職能民と、職人自身に仮託してザックスがつくった詩を組み合わ

教　皇

枢機卿

道化師

がらくた売り

図1　『西洋職人づくし』より（岩崎美術社刊）

朝鮮の『風俗画帖』

せた、たいへん興味深い作品で、十六世紀の後半、一五六八年に出版されています。

また朝鮮半島においても、李氏《りし》朝鮮の時代、十八世紀ごろに金弘道によって『風俗画帖』が描かれています。これは平凡社から出版された正・続二冊の安宇植編訳『アリラン峠の旅人たち』という本の中に図版としてかなり多く用いられています。本来これは絵だけで詞《ことば》はないのですが、各種の職能民が描かれているという点で、やはり一種の職人尽絵ということができましょう。

私の狭い知識でもこれだけあるのですから、中国やインド、イスラムなどにも、こういう職能民にかかわる絵画・文学があるに相違ありませんので、これから大いに探索、研究する必要があるのではないかと思います。実際、日本でも職人の問題に広い視野から関心がもたれはじめたのは、それほど以前のことではありません。それだけに他の諸民族の史料についても、これを意欲的に紹介しようとする空気は、まだ日本の学界のなかには必ずしも強くないと思われますので、これから探索、研究

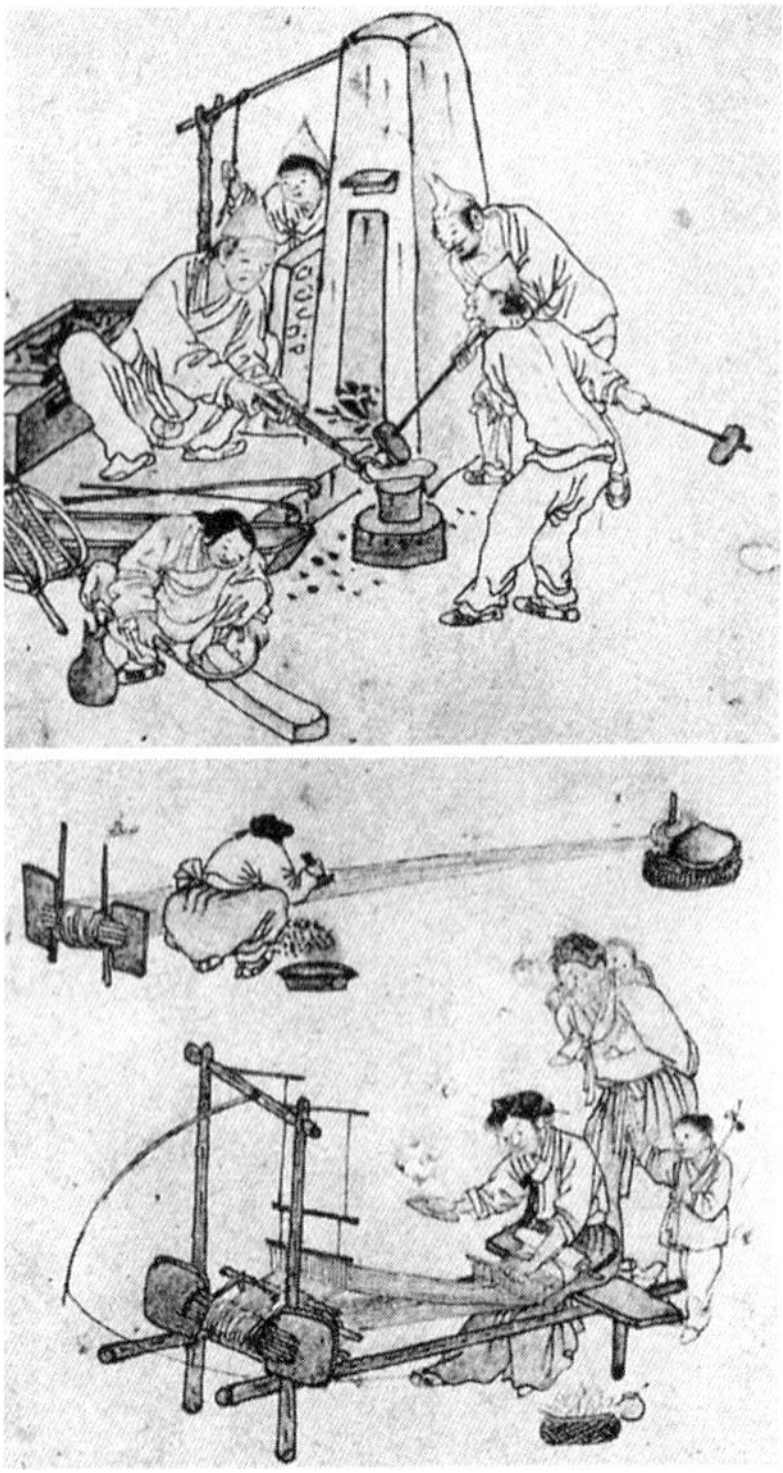

図2　金弘道『風俗画帖』より

すべき余地は広いと思います。しかしこういう人類社会の一般的な動向を背景に、日本列島の社会において結実したひとつの様式が「職人歌合」「職人づくし」なので、当然、そこには日本列島の社会の個性がはっきり刻みこまれております。それ故、文学、和歌の流れの中にこれらの歌合そのものを位置づけ、かつ江戸時代に非常にたくさん生まれる職人の図像、職人尽にまで目を広げて見ますと、そこから日本の社会における職人のありかた、その歴史をつかみとることができると思うのです。今回のセミナーでは、その点をできるだけ明らかにしてみたいと思います。

1　研究の現状

さて、初めに、これまでの職人歌合の研究についてひとわたり見ておきたいと思います。戦前の遠藤元男さん、豊田武さんなどの研究もこれに関連していますが、「職人歌合」そのものについての本格的な研究が進みはじめたのは、一九八〇年代に入る前後からだと思います。たとえば、一九七七年に出版された『日本の美術』一三二号（至文堂）で石田尚豊さんが「職人尽絵」をテーマに一冊をまとめておられます。これは写

『日本の美術』の職人尽絵

真も豊富で、歴史学・美術史学の立場から洛中洛外図《らくちゅうらくがいず》にまで視野をひろげてはじめて職人歌合を正面にすえてとりあげられた、画期的な研究だと思います。また角川書店の『新修日本絵巻物全集』にも、「伊勢新名所絵歌合絵巻」と同じ巻に「職人歌合」が収録されており、こういう書物が出はじめたことが、この分野の研究に強い刺激を与えたことはまちがいないと思います。

それと並行して、森暢さんを中心にして岩崎佳枝さん、長谷川信好さん、山本唯一さんなどの方々が、関西で歌合研究会をかなり長くつづけておられて、そのなかからたいへん優れた研究が次々に生まれました。まず岩崎さん、長谷川さん、山本さんの共同の編集で『職人歌合総合索引』が赤尾照文堂から一九八二年に出ており、山本唯一さんの『中世職人語彙の研究』も桜楓社から一九八六年に出版され、岩崎佳枝さんも平凡社選書の一冊として『職人歌合』を一九八七年に出しておられます。これらはいずれも、歌合研究会の活動のなかから生まれた研究成果の集約といってよいと思います。もちろんこの他にも、論文のかたちでいろ

『新修日本絵巻物全集』

『職人歌合総合索引』

『中世職人語彙の研究』

平凡社選書の『職人歌合』

『日本庶民生活史料集成』

いろな研究が発表されていますが、この研究会は国文学、和歌の分野の方々と絵画に造詣の深い森さんとの総合的な研究で、和歌の分野から職人歌合の成立事情、成立年代等についての優れた成果が生み出されました。

一方、これとはまったく別に三一書房から『日本庶民生活史料集成』第三十巻として、一九八二年に「諸職風俗図絵」が刊行されています。これは各種の職人歌合、職人尽の図像を網羅しており、たいへん便利であるだけでなく、これを編纂された町田和也さんによって書かれた解説とそれぞれの本の簡単な解題、文字で書かれた部分、詞書の翻刻が冊子としてつけられており、職人歌合あるいは江戸時代の職人尽絵を研究するためにはたいへん貴重な本です。町田さん自身も図像・絵画の面での研究を進め論文を発表しておられますが、この大変な労作によって、われわれがこの分野を勉強していくために広く道が開かれたと思います。

歴史学からのアプローチ

またこの動きとほぼ並行して、歴史学の分野でも、これまでのもっぱら農業中心、とくに水田中心に日本社会を見る七〇年代まで支配的だった見方に対する反省がようやく広がってきて、職能民に対する関心もずいぶん高まってきました。かつて、私がこの岩波書店の市民講座で話した内容が『日本中世の民衆像』という岩波新書として一九八〇年に発刊されていますが、八〇年代に入ると、それ以前の状況からは想像もつかないほど、研究が広い範囲で蓄積されるようになってきました。たとえば、私との共同編集のかたちで「週刊朝日百科　日本の歴史　中世③」として『遊女《ゆうじょ》・傀儡《くぐつ》・白拍子《しらびょうし》』という本を、私の親しい友人の後藤紀彦さんが編集しておられますが、その中で後藤さんは力作をいくつも書いておられます。これは一般向けの冊子なので論文というかたちにはなっていませんが、後藤さんにはこのほかに、「辻君と辻子君」（『文学』五十二巻三号）という論文があり、これらの仕事はそれまでの遊女や傀儡に対するみかたを根底から変えてしまったといってもよい、優れた研究だと思います。また藤原良章さんが、土器《かわらけ》売りに関連して「土器に関するノート——中世の食器考」という興味深い論文を『列島の文化史』五号に発表し、つづいて「絵画史料と〈職人〉——絵巻物に描かれた土器造

進展する中世公家の研究

り」（石井進編『中世をひろげる』吉川弘文館、一九九一年）という面白い論文を書いています。このような個々の職能民についての研究も最近では大変進んでおり、このほかにもいろいろな研究が始まっていると思います。

ところで日本の職能民のあり方を考えるためには、どうしても王朝国家の国制、さらには律令国家の国制を十分に研究しておく必要があるのですが、これまでの中世史の研究はどちらかといえば武家に偏りがちでした。これにはそれなりの理由があって、敗戦までの「皇国史観」に対する反発から、戦後、意識的に武家・幕府の研究が熱心に進められたのです。そのため逆に公家や朝廷に関する実証的な研究があまり発展しなかったのですが、近年、驚くべき勢いで中世の公家・朝廷の制度の研究が進みはじめています。いまでも高校の教科書には敗戦後の状況を反映して、中世になると公家・朝廷のことはほとんど出てこなくなりますが、じつは鎌倉時代から南北朝前期までは、公家の政権、王朝はまだかなりの力をもっていたのです。そしてその時期はもちろん、室町時代まで含めて、朝廷の官司、下級の官人が職能民に深いかかわりをもっているのですが、この面の緻密な研究を最近若い方々がつぎつぎに発表されるようになりました。これは職能民の問題を考えていくうえで不可欠の研究分野になってきています。

さしあたり目にとまった仕事をいくつかあげてみますと、中原俊章さんが『中世公家と地下官人《じげかんじん》』（吉川弘文館、一九八七年）を出版されましたし、小泉恵子さんも「中世前期における下級官人の動向について」（石井進編『中世の人と政治』所収、吉川弘文館、一九九〇年）を書いておられます。また、今正秀さんの「平安中後期から鎌倉期における官司運営の特質」（『史学雑誌』九十九編一号）は内蔵寮《くらりょう》についてふれた論文、久留島典子さんの「戦国期の酒麴役」（前掲『中世をひろげる』）は造酒司に関連する力作ですが、桜井英治さんも「三つの修理職《しゅりしき》」（『はるかなる中世』八号）というたいへんおもしろい論文を発表しておられます。さらに桜井さんは中世後期の職能民の組織のありかたについても精力的に研究を進めており、こうした状況をみていますと、この分野の今後の研究の発展は期して俟《ま》つべきものがあるといってよいかと思います。

こういう歴史学の視野の広がりは、国文学のそれともひびきあい、「職人歌合」を含む図像や絵画への関心とも重なっていくことになっていますが、岡見正雄さん、佐竹昭広さんが国文学の立場から『標注 洛中洛外屛風(上杉本)』(岩波書店、一九八三年)という力作を出版されたのをはじめ、洛中洛外図の研究が非常に発展しつつあります。さらに黒田日出男さんや西山克さんが「社寺参詣曼茶羅《さんけいまんだら》」の研究を進められており、平凡社からは、福原敏男さんの努力で『社寺参詣曼茶羅』(一九八七年)という多くの曼茶羅の図像を集成した大きな本が出版されるまでになっています。これらの絵画には職人の図像がたくさん含まれており、職人歌合を広い視野から考えるためには、ここまで目を向けなければならないのですが、この分野の仕事も一方で活発に進められているところです。近世に入りますと、職人尽絵、屛風など、史料が非常に増えてきますが、未発掘なものも多く、まだ近世の職能民についての研究は本格的には進められていないと思いますが、いずれにしても、歴史学、美術

職人歌合研究会

史学、国文学、あるいは職人の使う道具にも関連する民具学など、諸学の協力によってこの分野の総合的な研究が行われる条件が最近ようやく熟してきたということができましょう。

私自身の身近でも、さきほどお名前をあげた町田和也さん、後藤紀彦さん、岩崎佳枝さん、藤原良章さん、西山克さん、それに私が加わって、翔洋社の保科孝夫さん（現在は平凡社）の肝煎りで、一九八五年から職人歌合研究会をはじめました。ところが、たまたまトヨタ財団に研究助成金を申請したところ、一九八六年度から八九年度にかけての四年間、助成金をいただくことができ、現在も活動を続けています。このようなことができるのも、こうした研究の状況が背景にあるからだと思います。実際「新日本古典文学大系」に『七十一番職人歌合』が収められることになりましたが、これまで、この種の文学大系に職人歌合が一本でも収められるなどということは、全く考えられないことでした。そこにも学界、さらには社会の機運の熟成がよくあらわれています。この『七十一番職人歌合』の注釈については、岩崎佳枝さんが本文部分と画中詞《がちゅうし》（絵

図３　番匠の図像と画中詞（七十一番）

のなかの職人の言葉）を担当なさるのですが、そこに現われる百四十二種の職人の職種解説を、岩崎さんを含む職人歌合研究会の六名が行う約束になっており、現在仕事が進行中です。よくわからない職種もあって頭をひねっていますが、このような仕事が行われること自体、画期的だといってよいのではないかと思います。ですから、これからお話しすることも、その研究会での討論をふまえたものなので、いちいちお断りはできないと思いますが、けっして私一人の力によるものではないということを最初に申し上げておきたいと思います。

2　職人歌合とはなにか

さて、本論に入ります。

先ほど職能民に対する人類社会の普遍的なとらえ方のなかで、日本列島の社会の個性が職人歌合に刻印されていると申しましたが、それはア

神主（鶴岡放生会）

経師（東北院五番本）

勧進聖
（三十二番）

図 4
判者たち

マンの『西洋職人づくし』と比較してみるとすぐにわかります。

歌を競うという形式

まず職人歌合は歌合という形式になっています。つまり、各種の職人、職能民が左方《ひだりかた》と右方《みぎかた》に分れて番《つが》いをつくり、それぞれが和歌を詠み、どちらが優れているかという勝ち負けの判定をやはり職能民である判者《はんじゃ》が行うという形になっています。『東北院歌合』の場合は経師、『鶴岡放《つるがおかほう》生会歌合《じょうえうたあわせ》』の場合は神主、『三十二番歌合』は勧進聖《かんじんひじり》が判者として判定をしています。『七十一番歌合』は「衆議」によるとされています。また各番に番わされた二種類の職人、職能民の図像の多くは向かい合ったかたちで配置されていますが、現在伝わっている中世の職人歌合は、『東北院歌合』に五番本と十二番本の二種類あるので、ふつう「四種五作品」と呼ばれたりしています。いま知られているかぎりではこの五作品しかありません。

四種五作品の成立時期

これらがいつ作成されたかについてはたいへん議論があって、結論はまだ出ていませんが、『東北院歌合』と『鶴岡放生会歌合』が鎌倉期の作品であることはほぼ認められていると思います。『東北院歌合』には

仮託された歌合

建保二年（一二一四）に歌合が行われたという序があり、それをそのままに受けとって考える見方と、それはあくまで仮託であって、実際は十三世紀後半につくられたとする考えかたがあり、その間にかなり前から論争があって、いまのところはまだ定説がありません。ただ、『三十二番歌合』と『七十一番歌合』については、岩崎さんと山本さんが熱心に追究された結果、十五世紀後半に成立したことが明らかにされており、細かい成立年代もほぼ推定されています。これについてはいまのところは大きな異論は出ていないと思います。つまり、前の三作品が遅く見ても十四世紀以前、後の二作品が十五世紀後半ということができます。

これらの作品全体を通じて、和歌を詠んでいるのは職人自身ではありません。貴族や僧侶が、自らを職人に仮託して和歌を詠んでいるのです。多くの歌合は月・恋、『三十二番歌合』だけは花・述懐《しゅつかい》の題に即して、職人の道具や仕事を歌のなかに詠み込み、歌合の形式に仕立てていくのは共通していますが、その和歌をつくった人は貴族なのです。たとえば、岩崎さんは広く和歌の世界を探索され、著名な『実隆公記《さねたかこうき》』という日記を残した三条西実隆《さんじょうにしさねたか》という東山時代の文化人の歌が、『三十二番歌合』『七十一番歌合』の和歌のなかにあることをつきとめられています。それ以外の特定の貴族の歌も入っていることがわかっていますので、貴族が和歌の詠者であることはまちがいありません。ただ、歌合という形式の文学作品は職人歌合だけではなく、もちろん古くからたくさんつくられていますが、ふつうは和歌の作者の名前ははっきりとしています。ときには「詠人《よみびと》知らず」ということになっているケースもありますが、作者の名前を出すのが通例です。職人歌合の場合は実際の作者がまったく出てこないところにひとつの特徴があります。ただこれ以外にも『十二類《じゅうにるい》歌合』や『調度《ちょうど》歌合』のようにやはり作者を明らかにしないで、動物や調度品に仮託した歌合がこのころ作られており、貴族たちの間にこうした趣向がひろがっていたのだと思います。

このように、詠者がまったく不明なので、職人歌合がどのようにつくられたのかという経緯も、じつはよくわかっていません。一人の貴族が編者となり、たくさんの人の歌を編集してつくったのか、あるいは実際に貴族たちが集まって、自分たちを職人に仮託し、判者を立てて、こういう歌合を行なったのかは明らかでないのです。歌合の詞書《ことばがき》には、例えば『東北院歌合』の場合ですと、東北院の念仏会に職人たちが集まって歌合をやったということになっていますが、それ自体が虚構であることは間違いありません。しかし、現実に貴族たちが集まってそういう虚構を前提として歌合をやったとも考えられます。ただ『七十一番歌合』のように多くの職人の数だけ、貴族が集まって和歌を詠むことは考えられませんので、編集された蓋然性は大きいのですが、これを歌合の形にしていくために、どのような作業をしてつくっていったのかという基本的な問題が、まだはっきりしていないのです。まだ今のところ、この分野の研究者が少数ですから、今後たくさんの人が広い視野でもっと探索すれば、手掛かりがつかめる可能性は大いにあると思いますが、現在はそういう状況です。

ただ、貴族が自分を職人に仮託する、あるいは自分が職人に成り代わって歌を詠むという形式になっていることについて、少し触れておきたいことがあります。その源流の一つをたどっていくと、『宇津保物語』のなかの「才《ざえ》なのり」にまで遡ることができるのではないかということです。これは「菊の宴」や「嵯峨院」の巻に出てくるのですが、「人長《にんじょう》」という、祭や神楽などのときの中心となる役になった人が「なにの才か侍る」と呼びかけますと、そのまわりにいる一人の貴族が「山伏の才なむ侍る」といって、山伏の物真似をして、山伏にかかわる何らかの言葉――これがよくわからないのですが――を言うという遊びが行われています。『宇津保物語』には、鍛冶や和歌、渡守《わたしもり》や筆ゆひ（筆をつくる手工業者）、樵《きこり》、それにおもしろいのは藁《わら》盗人が出てくるので、「なんの才か侍る」といわれると「藁盗人の才なむ侍る」、「いでつかうまつれ」といって、藁盗人の真似をするわけです。

　これは、佐藤敦子さんの「宇津保物語の学問」（『椙山女子学園短期大学二〇周年記念論集』）という論文に教えられたのですが、佐藤さんは、『宇津保物語』に出てくるこのような「才」が大変広い意味を持っている点に注目されています。こうした「才」に関わる言葉として、平安末期から中世にかけて「外才《げざい》」という言葉が使われています。「才」は財産の「財」とも通じますので、「外才」は本来「内財」に対する「外財」として使われはじめたのではないかと私は思っていましたが、むしろ逆に、「財」は『宇津保物語』のこの「才」「ざえ」と通じて重なっていったのではないかとも考えられます。

「外才」は芸能、道、職と通ずる言葉で、職能民に関連して十四世紀まではよく使われていました。その「ざえ」「才」は、さきほどあげた「才なのり」のように職能民に深いかかわりのある言葉なのですが、芸能と同様「ざえ」は非常に意味が広く、佐藤さんはそれが当時の学問の才能と通じている、つまり明法、明経のような当時のオーソドックスな学問と、狭義の職能民の職能に通じていると指摘しておられます。この意味で、芸能などと同様、「ざえ」は職能民を考える場合のキーワードの一つになる言葉だと思います。

絵と歌の関係

またいずれの職人歌合も絵と歌とが組み合わされていますが、絵が先に描かれたのか、それとも歌合が先にできたのかも大きな問題ですし、さらに歌合自体についても、歌合が先にあり、判詞《はんじ》はあとで書かれたという考え方もあります。

とくに絵と歌の関係について、絵とはまったく別個に、歌合が行われたのち、その和歌を見て絵師が絵を描いたのか、あるいは歌合とは別に、絵師が絵を描いていて、歌合がそれに関連して行われたのかは、絵が先か詞書《ことばがき》が先かという絵巻物全体にも通ずる重要な問題ですが、じつは絵画史料について、その史料としての性格を十分理解するためのこうした議論は、まだ十分深められていない点もあり、簡単に断定することはできません。ただ、絵に即してみると、たとえば、『東北院歌合』五番本は曼殊院に伝えられているもので、最も古いのですが、その絵を書いた人は、後醍醐と同時代の持明院統の天皇であった花園上皇であるとの言い伝えがあり、戦前に荻野三七彦さんは、これは事実ではないかと主張しています。その当否はともかく、このことからもわかるように、絵そのものが天皇・貴族自身、あるいは宮廷に仕えているかなり地位の高い絵師によって描かれたことは、まず疑いないと思います。

貴族的な日本の職人歌合

このような職人歌合の性格を概観した上で、先ほど述べた『西洋職人づくし』と比べてみますと、この場合はハンス・ザックスが詩をつくっているのですが、この人も、絵を描いたアマンも、いずれも遍歴職人です。つまり『西洋職人づくし』はまさしく職人自身によって描かれ、詩も職人によって作成されたのです。とすると、それに対して、日本の職人歌合はいわば貴族的な性格をもっていると、いちおう言うことができます。この点が日本の職能民のありかたを考える場合のひとつの大きな

図5　ハンス・ザックス
(『西洋職人づくし』岩崎美術社刊)

貴族はなぜ職人に関心をもったか

問題なのですが、職人歌合がこのように貴族的な性格をもっているという点だけに目を向けますと、貴族的な和歌、あるいは絵画の本流からみれば、職人歌合は亜流、末流であると位置づけざるをえないことになってきます。ですから和歌についていてはいまでも、職人に自らを仮託する形で詠まれているので、本流から外れた「狂歌」の一種と位置づけられているのです。これまで職人歌合というジャンルが、美術史・文学史の中で本格的な学問的研究の対象にならなかった理由の一つは、このへんに求めることができると思います。

しかし、問題は逆にそこからはじまるのではないでしょうか。つまり、なぜこうした職能民に対する強い関心が、天皇を含む高位の貴族のなかに生まれ、それがなぜ歌合、絵巻物という形式に定着し、多くの作品を生み出していったのか。いろいろな分野の総合ともいうべきこのような作品が、なぜ一つのジャンルとして実を結ぶことになったのか。これはけっして小さな問題ではないのです。実際、この職人歌合が中世に成立したことが、いかに後世に大きな影響を与えたかは、きわめて多くの写本が江戸時代につくられていること、また職人のさまざまな絵画が非常にたくさん描かれていること、さらに、和歌が俳諧や狂歌に変わりながら、職人歌合の流れをくんだ職人尽絵《しょくにんづくしえ》が江戸時代に非常に多くつくられていることなどを見れば、明らかだと思います。さきほどふれた職人歌合研究会はこういう大事なものをできるだけ集めようとしていますが、未発見のものは恐らくまだまだいくらでもあると思います。一九九〇年にアメリカのシカゴ大学へ行く機会があり、シカゴの美術館へも行ってみたのですが、日本にはまったく紹介されていないと思われる江戸前期の職人尽絵がありました。このように旧家の屏風などに残っているものも、必ずや多いと思われます。こうした新史料の発掘は今後の問題ですが、職人歌合がこれほど強い影響を江戸時代の社会にまで与えているということを、あらためてアメリカで確認した次第です。ですからなぜ、このような形式の作品が生まれたのかという問題は、日本の社会・文化の根本的な問題につながるといってもよいかと思います。しかし、こういう根本的な問題を解決する力は、とうてい私にはありません。ただ職能民のこうしたとりあげられかたについて、ここでは、当面ぼんやり考えていることをお話しするにとどめたいと思います。

3 日本の職能民の歴史

現代のわれわれの生きている日本列島の社会・国家の淵源を遡って考えてみますと、さし当り律令国家の成立の時期にたどりつきます。当時、六、七世紀の日本列島の社会は、社会的な分業が未熟で、未開でマジカルな要素がまだ強く残っている社会だったのですが、とくに西日本の社会に、中国大陸や朝鮮半島から高度な技術を持つ職能民を含む文明が流入し、その影響のなかで、高度に文明的な制度である律令制が受容されて、七世紀後半に畿内地域を中心に列島最初の本格的な国家が形成されます。さきにふれた職能民のありかたの特質は、この国家の成立の仕方と深いかかわりがあると思います。実際、ここで確立した律令国家の制

技術官人論

度は、あらゆるところで、じつはいまなおわれわれを規制しています。たとえば、この国家の定めた「日本」という国号をいまでもわれわれがそれを使い続けていること、あるいはこの国号とセットで定まった天皇が現在まで続いていることなどを考えてみれば明らかだと思いますが、ここではそれを職能民に即して少し考えてみたいと思います。

最近、櫛木謙周さんが『富山大学人文学部紀要』十五号に「技術官人論」という論文を発表しておられますが、この論文のなかで櫛木さんは、古代の日本と中国の手工業労働力、つまり工人、工匠の編成の仕方を比較して、日本の律令国家の工人の編成の特質を明らかにしています。

櫛木さんによると、日本の社会では江戸時代になってようやく言葉として定着した「士農工商」という四民分業が、中国では非常に早く、春秋戦国時代にはすでに成立し、この言葉もそのころから使われていました。「士」は日本の場合は武士ですが、中国の場合には士大夫《したいふ》といわれたように、官僚としての地位がはっきりしています。そうした官人と農工商とが身分的にはっきり区分されている状況が、日本の律令国家ができるよりもはるかに前から、中国大陸の国家にはあらわれていたのです。

これに対して、日本の場合、中国の隋・唐帝国の文明的な律令を受容したのですが、当時の日本列島の社会は、まだ社会的な分業が未成熟で、士農工商のような四民分業を受け入れるだけの条件はとうていありませんでした。ですから、手工業者をはじめとする職能民の組織についても、唐の律令制と日本の律令制とを比較してみると、大きなちがいが現われざるをえなかったのは当然だと思います。

この点について、櫛木さんは細かく双方の事例をあげて論じていますが、大事な点だけにふれてみますと、中国の国家においては、官人と職能民・工人、つまり「士」の身分と「工」の身分とは明確に区別され、工匠が官人になる道は、例外はあるとしても、原則的になかったといえます。これに対し、日本の律令国家では、品部《しなべ》・雑戸《ざっこ》というかたちで、国家成立以前から活動していた多くの職能民を新しく編成して、それぞれの官司に所属させています。そしてそういう品部・雑戸や職能を世襲している氏のなかから、技術を教えることを任務とした「長上官《ちょうじょうかん》」、つ

品部・雑戸

官位をもった技術官人

まり常勤の官人を採用しているのです。

　この長上官、技術長上は、後になると、たとえば、鋳物師《いもじ》、轆轤師《ろくろし》のように「師」といわれた指導的職能民、技術者になっていく人もおり、大工として職能民の作業の中心となる地位に立つ人も出てくるのですが、そういう「技術官人」「職能官人」とでもいうべき人が、品部・雑戸や職能的な氏などの職能民から出身しているのです。これは中国の国家では考えられないことだと櫛木さんはいっています。この職能官人たちは当然官職も位階も与えられますし、季禄、給料をもらう。そしてこうした人びとが、職能官人としての地位だけではなく、一般の官人に昇進する場合も広くみられたようです。

　櫛木さんは、こういう体制を日本の律令制が採用せざるをえなかったのは、農業、漁撈のような第一次的な生業から手工業などの職能がまだ未分化な段階であったため、職能民を官僚に組織し、意識的に育成し、技術を組織的に伝習させる必要があったからであると指摘しています。

　しかし、このように職能民が官司に組織される体制ができたことが、そ

図６　轆轤師（七十一番）

の後の日本列島の職能民のありかたを、強く規制することになったのではないかと私は思います。しかも重要なことは、手工業者だけではなくて、海民、山民、さらに女性を含む狭義の芸能民についても同じことがいえるという点です。例えば女性だけで構成されている後宮《こうきゅう》の官司には、女性の職能民が編成されており、これはやはり、日本の職能民の問題を考える場合の重要な点になると思います。

中世への影響

いずれにしても、職能民と一般官人、とくに天皇直属の内廷の官司と多様な職能民とは、律令制の最初から切り離しがたい関係にあったといえます。ですから中世に入って、鋳物師が豊後権守《ぶんごごんのかみ》・従五位下などの官位を与えられたり、院の召次《めしつぎ》で、左近将監《さこんしょうげん》という官職をもっている人が壁塗《かべぬり》大工となっているようなことも見られるので、そういう中世の職能民のありかたの源流は、ここに求めなければならないと思います。

このように天皇・貴族と職能民とが意外に近接した関係にあったことを、まず古代の律令国家の段階で確認しておく必要があると思います。日本列島の社会の中における職能民の一つの特徴的なありかたが、まず

図7　壁塗（七十一番）

官司請負制の成立

ここで刻印されたということができます。

しかし佐藤進一さんが『日本の中世国家』（岩波書店）で明らかにされたように、このような律令制とその下に組織された官司のあり方が、九世紀に入ると大きく変質していきます。本来の官庁組織ですと、上級の官庁と下級の官庁の統属関係がきちんとあって、整然たるピラミッドをなしていなくてはならないのですが、そのような官僚制的な上下の統属関係が崩れ、九、十世紀にかけて、佐藤さんが「官司請負制《かんしうけおいせい》」といわれているような体制が形成されはじめます。つまり特定の職能的な氏族が、特定の官司とその業務を世襲的に請け負うという体制が、だいたいこのころから十一、二世紀にかけて固まってくるのです。官司の中にはほとんど機能しなくなるものもありますが、国衙をふくめて、多くの官司でそういう形ができていきます。それと並行して、職能官人として、あるいは品部・雑戸として官庁に組織されていた職能民も、それまで属していた官庁との関係をいちおう保ちながら、おそらく十一世紀ごろからしだいに独自な職能集団を形成しはじめます。そのようにして自立した職能集団が、特定の官司に所属して、必要な職能を集団として請け負って奉仕するかたちができ上がってきます。

たとえば、本来、職能的な性格をもっている官庁、典薬寮《てんやくりょう》や陰陽寮《おんみょうりょう》のような官司の場合には、官司請負の実態が非常にはっきりとわかります。陰陽寮は安倍《あべ》氏、典薬寮は丹波《たんば》氏や和気《わけ》氏などの氏族がほぼ世襲的にその長官となり、役所そのものを請け負って、その職務を行うという状態になってきます。そして典薬寮には薬売、陰陽寮には陰陽師《おんみょうじ》のような職能民集団が、独自に生業を営みながら属している。また、主計寮《しゅけいりょう》、主税寮《しゅぜいりょう》のような計算能力を必要とする役所は、算道にたくみな小槻《おづき》氏が職能的な氏族として請け負っていますし、太政官の事務局も小槻氏が世襲的に請け負って官務とよばれています。

このような官司請負制の形成と並行して、鋳物師などの工人や、さきほどの薬売、陰陽師などの職能民も独自な職能集団をつくるようになり、鋳物師の場合は蔵人所《くろうどどころ》に所属して、その職能に即して鉄の灯炉などの鉄器物を天皇家に貢納しています。そして十二世紀以降になると、そういう人びとはしばしば供御人《くごにん》と呼ばれるようになってきます（拙著『日本中世の非農業民と天皇』岩波書店）。遊女の場合もこうした事態の進行の中で、並行的に考えることができると私は思っていますが、それは次回に譲ります。

供御人の出現

こういう動向が進んできたのは、やはり職能の分化が進行し、それぞれの職能に即した錬磨が行われて、技術が高度化してきたことが背景になっていると思いますが、こういう社会と国家の制度そのものの変化のなかで、芸能、道、職、外財など職能に関わる特有な言葉、観念が定着してきます。それと並行して、ほぼこのころから職能民の職能に関わる神秘、職能民伝説とでもいいうるような、人の力を超えた技術の霊妙さを物語る伝説が生まれてきます。『今昔物語集』や『宇治拾遺物語』などの説話集のなかにも、若干こういう伝説が収められていますが、そうした動向のなかで多様な職能民、あるいはその職能に対する強い関心が、貴族社会のなかに生まれてくるようになります。これについては別の機会（「中世前期における職能民の存在形態」、永原慶二・佐々木潤之介編『日本中

貴族の関心よぶ職能民

世史研究の軌跡』東京大学出版会）にふれたこともありますので、ここでは簡単にのべるだけにしますが、たとえば、『倭名類聚鈔《わみょうるいじゅうしょう》』の人倫部にはいろいろな職能民が並んでおり、また『宇津保物語』の「吹上《ふきあげ》」にも、紀伊国牟婁《むろ》郡《ぐん》の長者神南備種松《かみなびのたねまつ》の家の描写に、たくさんの職人が描かれています。ただ私は、これをすぐに実態と考えるべきではないとも思っています。これまでこの神南備種松は、平安後期の富豪の典型としてとりあげられることが多く、たしかにこの描写の背景に地域の長者といわれた人の実像もありえたと思いますが、やはりこれは、一種の職人づくしとみるべきだと思います。他に『梁塵秘抄《りょうじんひしょう》』にも多くの職能民が登場してくるのは、皆さんごぞんじのとおりです。

『二中歴』にみる職種

ただ、ここで少し立ち入ってみたいのは、『二中歴《にちゅうれき》』という鎌倉時代にできた一種の百科辞書のような書物についてです。この『二中歴』は『掌中歴《しょうちゅうれき》』・『懐中歴《かいちゅうれき》』という平安時代の同性質の書物をまとめたものなので、その記事は、十世紀から十一世紀にかけての事実を示すと考えてよいといわれています。

そのなかに「一能歴《いちのうれき》」という部分があり、いくつもの分類項目をあげて、それに即して、当時よく知られている優れた芸能をもった人の名前が書きあげられています。その名前を見ますと、だいたい平安時代中期の人と考えられるのです。

その分類項目をまとめてみますと、第一のグループとして、明経道《みようぎようどう》、明法道《みようぼうどう》、算道《さんどう》、陰陽師《おんみようじ》、医師、宿曜師《すくようし》、禄命師《ろくめいし》、易筮《えきぜい》（筮竹をもった易者）、管絃人《かんげんにん》、近衛舎人《このえとねり》、武者《むしや》、楽人《がくにん》、舞人《まいひと》、鷹飼《たかがい》、鞠足《まりあし》をまとめることができます。これは官人的な職能民です。武者にしても、平安時代にはそうした性格がありますし、明経道、明法道、算道、陰陽師、医師、近衛舎人はまぎれもない官人ですし、楽人、舞人も同様です。いわばこれらは官司に属して官職をもっている官人的な職能民として一つのグループにまとめられます。

第二のグループとして、絵師《えし》、細工《さいく》、仏師《ぶつし》、木工《こだくみ》のような手工業者、あるいは相撲のような、官司に所属した職能民グループをあげることができます。

医師（右）と陰陽師（左）（東北院五番本）

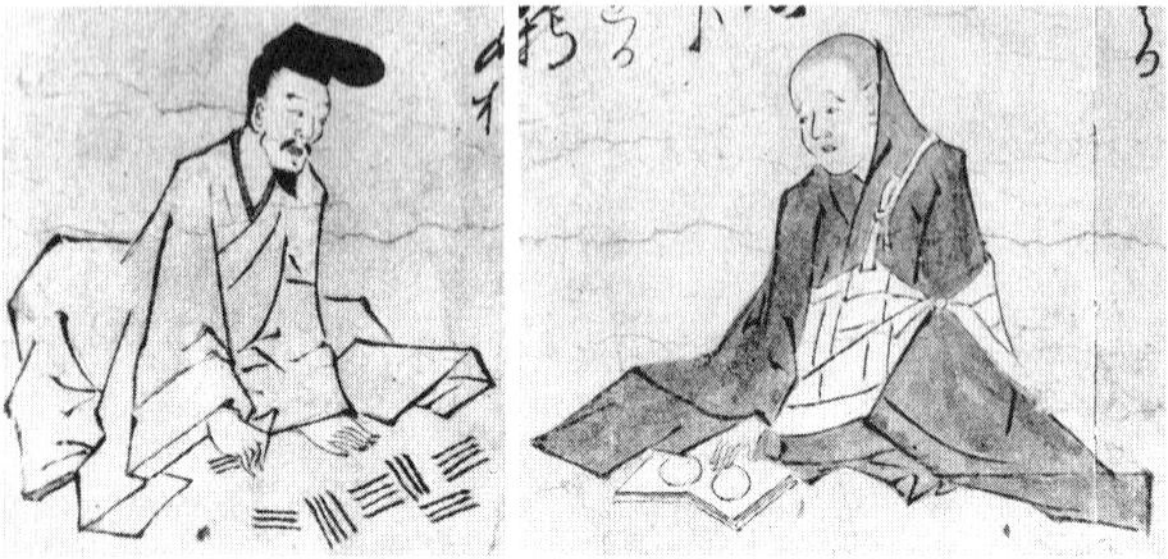

宿曜師（右）と算道（左）（鶴岡放生会）

図８　官人的職能民の図像

富豪も盗人も職人

つぎの第三のグループも官司につながるものもありうるかもしれないと思いますが、人相見をする相人《そうにん》、夢解《ゆめとき》――この当時の人にとって夢はたいへん大きな意味をもっていたようですが、それがどういう意味をもつかということを解くのがうまい人――、囲碁・双六――これもあとでふれるようにどうも官庁と関係がありそうですがいちおうここにあげておきます――、それから呪師《じゅし》、散楽、遊女、傀儡子《くぐつ》、巫覡《ふげき》、つまり巫女《みこ》、こういう狭義の芸能民、呪術師を第三のグループとしておきます。第二と第三のグループは恐らくかなり近いと思います。

つぎに第四のグループとして勢力のある人――勢人《せいにん》、徳のある人、富裕な人――徳人《とくにん》、良吏、志癡《しち》――これは私も意味がよくわからないのですが、馬鹿を装うということなのかもしれません――、さらに窃盗、私曲《しきょく》など、常人と異なる状況にある人、ふつうの人と異なる行為をする人までが一能としてあげられています。

この第四のグループのような芸能のとらえ方、つまり盗みを一種の芸能と見たり、賄賂をとって不正をする私曲を芸能と考える、また徳人、勢人のようになったり、勢力を持つことも一種の芸能とする見方。これは一見、きわめておかしいと思われますが、意外に日本の社会には深い根をもっているとらえ方のように思われます。たとえば、「偸盗《ちゅうとう》」は『今昔物語集』『古今著聞集』など説話集の一つの編目に上げられて、有名な盗人にかかわる説話がいくつも集められ、まとめられています。江戸時代、スリもやはり芸能の一つで、スリや窃盗にかかわる「職人」をいう隠語があったようですし、「義賊鼠小僧次郎吉」などがもてはやされるのも、そういう空気が背景にあるからだと思います。私曲を能と考える空気も決してなくなっていない。リクルート事件やロッキード事件などのような賄賂をとるのも一つの能であるという考えかたが、日本の社会にまったくないとはいえないのではないでしょうか。こうした事件に対する甘さは、そこからくるようにも思われます。逆に、徳があるという「有徳」という言葉は、「富裕な人」を意味するようになっていくのですが、富を得ることが、伝説や説話と結びついて語られるのも、こういう富に対する見方と関係あるでしょう。私曲、窃盗を犯罪と見る

『二中歴』と職人歌合を重ねる

か、あるいは芸能と見るか。この見方のちがいは、たんに日本の社会だけではなく、おそらく人間社会の深部につながる重要な問題だと私は思うので、平安時代、広義の「芸能」の中にこれらがあらわれてくるということは、「職人」の問題を考える場合にも注意しておく必要があると思います。

それはともかく、『二中歴』の「一能歴」にあげられているような職能を「芸能」と見て、これらにはそれぞれ「道」があり、それは職でもあるとする見方が、十世紀から十二世紀にかけて、社会に定着してきたことを、これによって知ることができると思います。しかし、さきほどの第四のグループの職能は、職人歌合のなかには出てきません。また第一のグループの場合、同じころに支配者層の中で、それぞれの職能を請け負う家格がきまってきますと、天皇家も摂関家も「職能」を世襲する家になり、「天皇職」「摂関職」が成立すると考えられます。『西洋職人づくし』には国王もでてくるのですが、日本の場合、職人歌合には天皇、摂関はでてきません。ただ、代々の天皇や摂関の肖像、似絵《にせえ》の絵巻があ

図９　『西洋職人づくし』の国王（岩崎美術社刊）

り、これは職人歌合に通ずるところがあるということもできると思います。また明法道、明経道のような官人、それを世襲的に請け負っている氏族、あるいは和歌、管絃などの道を世襲する家もあるわけですが、やはり職人歌合の世界には出てきません。これも「随身絵巻《ずいじんえまき》」や歌仙絵《かせんえ》のように、別の形になっていると考えられます。しかし、第一のグループの一部と、第二のグループ、第三のグループの「芸能」は、すべて「職人歌合」にあらわれる職能民に何らかのかかわりがありますので、職人歌合の生まれてくる背景に、『二中歴』のような職能のとらえ方のあったことはまちがいないと思います。このうち第三のグループの囲碁打、双六打、博打、あるいは遊女、傀儡のような人びとが、なぜ職人歌合にあらわれるのかという問題については、次回にお話ししたいと思います。

さて、このような職能民のとらえ方には、人類社会に共通した要素があると思うのですが、やはりそこには、いまのべてきたように、日本の社会の特質がそれなりによくあらわれているとも思われます。もちろんこれをたやすく「日本の社会の特質」といってよいのかどうか、断定するにはまだかなり疑問が残りますが、官庁、官人の世界と密着して、職能民、職人が存在していることは、少なくとも中国の場合とはかなり違っていると考えられますし、先ほどの『西洋職人づくし』と比較しても、職能民が貴族、官人と密着している点に、やはり日本の社会の特質の一端があらわれているということはできるのではないかと思います。

4 職人歌合の構造——和歌と図像

さて、職人歌合がうまれる社会的な背景についてはこのくらいにしておきまして、専門ではないので的はずれなところがあると思いますが、職人歌合の重要な要素である「歌合」について少しふれておきます。

職人歌合という作品が結実する前提に、「歌合」という和歌の世界の一つの様式のあったことはいうまでもなく、これについては和歌の面からの研究が非常に広く行われていますが、平安末期から鎌倉前期に、歌

歌合の右と左、職人の右と左

合は貴族の世界のなかで最盛期を迎えたといわれています。その一つとして『六百番歌合』という後白河天皇のときに行われた歌合がありますが、その中で遊女に寄する恋、傀儡に寄する恋、海人に寄する恋、樵夫（木こり）に寄する恋、商人に寄する恋を題として、歌合が行われている事例があります。また『西国受領歌合《さいごくずりょううたあわせ》』でも、釣舟や塩釜が題になっており、職能民をテーマに歌を詠み、歌合をする動きが、平安末から鎌倉前期にかけて、部分的ではあれ見られるので、これが、職人に仮託して和歌を詠む職人歌合の様式が生まれてくる、一つの前提になっているのではないかと思います。これは岩崎佳枝さんもすでに指摘していらっしゃるところです。

もう一つ、歌合は左方と右方に和歌を詠む人が分かれ、それぞれが詠んだ和歌に対して、判者が優劣をきめるという形式で行われます。これは私の思いつきですが、職能民の世界にもしばしば左方・右方という組織が出てきます。例えば鋳物師の場合、左方供御人＝左方鋳物師＝左方作手《さくて》と、右方供御人＝右方鋳物師＝右方作手という二つの組織が、十二世紀末からはっきりと並立しています。このうち左方は廻船鋳物師《かいせんいもじ》、右方は土鋳物師《つちいもじ》といわれ、それぞれ違った氏名《うじな》を持つ鋳物師が中心となっていることがわかります。鍛冶の寄人《よりうど》の場合にも、左方と右方に分かれていることがわかる史料がありますし、壁塗《かべぬり》の場合も左方・右方があったと見てまちがいないと思います。こうした組織を統括する人を惣官《そうかん》というのですが、壁塗の左方惣官から左官という名称が生まれたのではないかと私は推測しています。このように左方・右方という職人の組織がかなり普遍的にみられるのは、手工業者だけではなく、楽人、舞人の場合も同じように左右に分かれています。

どうして職能民の場合、このように左方・右方という区分が行われたのかということは、必ずしも解決されていない問題で、明快には説明できないのですが、宮座のように、神の前で左右に分かれて並ぶということがあるとともに、何らかの競争原理と関わりがあることも考えられます。つまり左方鋳物師と右方鋳物師に仕事を競わせるということもありえたと思うのです。そういうことと、左右に分かれて歌を競い合う歌合

日本社会の中の右と左

という様式で職人尽が表現されるということとの間には、あるいは関係があるのかもしれないと考えます。もちろんこれは簡単な問題ではありません。天皇の前での左大臣、右大臣からはじまって、神の前で左と右に分かれて神に仕えるようなあり方は、中国の制度とも関わりがあるのでしょうが、日本の社会の場合には、職能民までふくめて広くみられるので、こういう区分のありかた、左右の意味を、広く人類社会のなかに位置づけて考えてみる必要があります。そしてそこまで問題を広げてきますと、これはたやすく解ける問題ではなさそうです。左と右のどちらに高い価値をおくかなどの問題を含めて、歌合という様式が生まれてくる背景について、文学の方面からの今後の研究をぜひ期待したいと私は思っています。

それとともに職人歌合は絵画の世界とも不可分です。これについては絵巻物という絵画のジャンル自体の展開、それとほぼ並行して似絵がさかんになり、その中から歌仙絵などが生まれてくるのですが、そういう絵画史の流れと職人歌合の出現とが深くかかわっているということは、すでに指摘されているとおりです。

絵巻物については最近いろいろな角度から注目されており、歴史家もいろいろ発言をするようになっていますが、絵巻物の成立の当初から、庶民の世界が生き生きと描きこまれていること自体がじつは大きな問題で、絵巻物を史料として扱う場合、史料批判の方法を確立しておく必要があると思います。いわゆる「絵引《えびき》」、『絵巻物による日本常民生活絵引』（全五巻）を、かつて私も所属していた日本常民文化研究所がだいぶ前に出版しており、最近、この研究所が神奈川大学の附属研究所になってから、あらためて再刊されましたが（平凡社刊）、それによっても明らかなように、絵巻物のなかには庶民の世界が豊かに描きこまれており、文献では到底わからないことをわれわれに教えてくれます。しかし、どうして絵師がそういう世界を描いたか、あるいは描きえたかということについては、まだこれから考えてみなければならない問題があると思います。

絵巻物にも、そこに描かれたものと描かれなかったものがあるはずで、

似絵・歌仙絵と職人歌合

文献史料の場合でも同様ですが、なにが文字にされたか、なにが絵として描かれたかということと同時に、なにが描かれていないかということを考えておく必要があります。その意味では未解決の問題がたくさんあると思いますが、絵巻に多くの庶民が描かれたことが、職人歌合で多様な職能民が描写されたことの背景をなしていることは、まちがいないと思います。

それとともに、似絵が生まれたことも注意しておく必要があります。肖像を描く人に自分の姿を描かせることが、古代にはマジカルな意味をもっていたことは、さきほどあげた『芸術家伝説』のなかにも例があげられている通りです。九条兼実《くじょうかねざね》の日記『玉葉《ぎょくよう》』のなかにも、自分の肖像を描かせることについての兼実の抵抗感が記録されていますが、鎌倉時代にはこうした似絵は定着して、さきほどのべたように、天皇、摂関の肖像を描いた絵巻物がつくられ、「随身絵巻」のように広い意味での職能民が描かれる。さらに歌仙絵のような和歌の世界での人たちの肖像画を連ねた絵巻などが、平安末・鎌倉初期に現われてきます。こういう絵巻、似絵の様式の発展の中で、職人歌合が生み出されてきます。たとえば中世前期の職人歌合に描かれた職人は、博打と巫女などのように、多くは二人の職人が向かい合って描かれており、人物が三角形のなかに入る形になっています。歌仙絵にせよ天皇・摂関の絵巻にせよ、同じ形で描かれており、こういう職人の描き方も似絵の特徴と見てよいと思います。

このように未解決な問題はなお多くありますが、ともあれ、絵画や和歌の新しい流れのなかで、総合的な作品としての職人歌合は生まれてきたのです。

第二講

1　職人歌合の前期・後期

さて、前回お話ししたことをふまえて、あらためて職人歌合の五作品について、考えてみたいと思います。

二つのグループに分ける

これらの作品のうち、『東北院歌合』の五番本、十二番本、『鶴岡放生会歌合』の三種類の絵巻が十四世紀以前の絵巻物、『三十二番歌合』『七十一番歌合』が十五世紀後半につくられた絵巻なのですが、職人歌合として同じジャンルに属しているとはいえ、子細に見ていくと、この二つのグループの間にかなりのちがいがあることがわかります。

場の設定の違い

まず、第一に、『東北院歌合』と『鶴岡放生会歌合』についてみると、前者は、九月の十三夜、摂関家と関わりのある著名な寺院、東北院の念《ねん》仏会《ぶつえ》という、きわめて有名な法会の席上に、「道々《みちみち》の者《もの》」たちが集まって歌を詠んだというかたちで行われており、後者の場合も、鎌倉の鶴岡八幡宮の放生会という、これまた八幡宮にとって非常に重要な、八月十五夜に行われる法会に当って、「道々の者」が集まって歌合を行うという趣向になっています。つまり、ともに神仏にかかわる法会のさいに、「道々の者」が集まって歌合をするという形になっているのです。

　ところが、『三十二番歌合』の場合、勧進聖《かんじんひじり》を判者《はんじゃ》とすることになってはいますが、神事・仏事には直接の関係がなく、多くの職人が自分たちで集まって歌合をやることになっていますし、『七十一番歌合』の場合も「万《よろず》の道の者」が集まって和歌を詠み、衆議《しゅぎ》判《はん》——判者に特定の人を定めないで、みなで判定をするというかたちで歌合が行われており、これまた神仏の法会に直接かかわらない歌合になっています。この点が十四世紀までに作られた歌合と、十五世紀後半に作られた歌合とのかなり大きなちがいではないかと私は思います。

鎌倉仏教とのかかわり

　しかも、これは岩崎佳枝さんが指摘していらっしゃることですが、まず『三十二番歌合』については、題が「花・述懐《しゅつかい》」となっており、他の歌合の「月・恋」とテーマがちがっています。そして「花」の題に関連

律　宗

禅　宗

法華宗

念仏宗

図10　鎌倉仏教の僧（七十一番）

する判詞《はんし》、判者の言葉は、禅宗に非常に深くかかわり、「述懐」については、念仏を念頭において判詞が書かれているといわれています。また『七十一番歌合』にも、華厳宗、法相宗など旧仏教の僧侶も出てきますが、禅宗、律宗、念仏、法華という鎌倉仏教の僧侶が、歌を詠む主体、つまり「道々の者」の一種として姿をあらわしています。このように、後二者の作品からは鎌倉仏教の影響がいろいろなかたちで歌合のなかに読み取れます。そのことが前三者とのもうひとつの大きなちがいといえると思います。

職種の違いと広がり

また職人の職種が当然ながら、時代が降るとともにふえています。五番本は判者を加えて十一種、十二番本は二十四種、『鶴岡放生会歌合』の場合も判者を入れて二十五種と、だいたい二十台です。しかし、『三十二番歌合』は、歌は六十四首ですが、「花」と「述懐」をそれぞれ職人がくりかえし詠んでいますので、職人は判者を加えて三十三種ということになり、『七十一番歌合』にいたっては、百四十二種と数が非常にふえてきます。とくに、『三十二番歌合』の職人は、あとでのべるよう

あつらえを
我れふる夜いもこ
山さくらいとも
かをらぬ

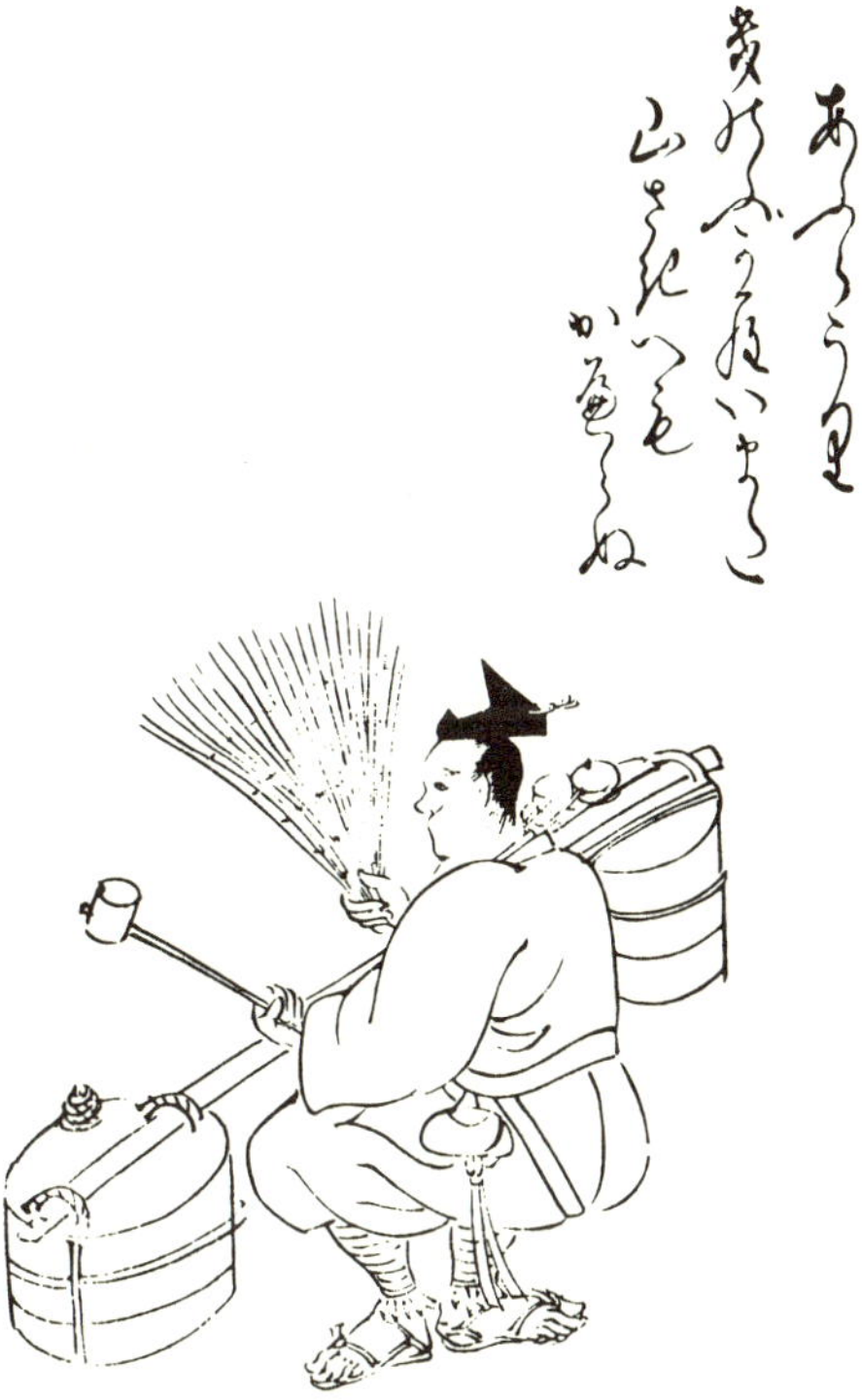

図11　油売（七十一番）

図12　むまかはふ（右）とかはかはふ（左）（七十一番）

に特異な性格を持つ人びとですから、職人の数についても、前三者と後二者との間には大きなひらきがあるといってよいと思います。

そこに出てくる職人の種類も、『倭名類聚鈔《わみようるいじゆうしよう》』『新猿楽記《しんさるがくき》』『梁塵秘抄』をはじめ、鎌倉後期、十三世紀末か十四世紀初頭に成立した『普通唱導集《ふつうしようどうしゆう》』——これは世間・出世間の人びとに即して、それぞれの唱導のやり方を言葉にしてあげているという、たいへんおもしろい趣向の本ですが、それらの書物に出てくる芸能、職種、さらに十四世紀の後半ぐらいにできた『庭訓往来《ていきんおうらい》』の職人の種類、それから『二中歴』などまで視野に入れてみてみますと、前の三作品の職種はこれらの中にほぼ収まります。もちろん全部が共通しているわけではありませんが、三作品の職種は、十四世紀までの職人、芸能づくしの職種に重なるのです。つまり中世前期の歌合の職人は、平安時代末期の職人にだいたいつながっていくということができます。

これに対し『三十二番歌合』には、千秋万歳法師《せんずまんざいほうし》・絵解《えとき》・獅子舞《ししまい》・猿ひきなどが出てきますし、『七十一番歌合』も、最初のほうの番匠《ばんじよう》・鍛冶などは早くから出てくる職種ですが、鍋売・油売・餅売《もちうり》、さらには「むまかはふ」「かはかはふ」など十四世紀以前にはみられない、またその性格もよくわかっていない職人がたくさん出てきます。そして、そのかなりの部分は『普通唱導集』『庭訓往来』に出てくる職種からも大きく外れてしまうのです。しかも、このはみ出している職種を、江戸時代の職人尽《しょくにんづくし》、たとえば『職人尽狂歌』や『人倫訓蒙図彙《じんりんきんもうずい》』とくらべてみると、むしろそれに通じています。

絵に即してみても、この二作品は十六世紀のころに成立した「洛中洛外図屏風」にあらわれる職人や、江戸時代前期・後期を通じてさかんに書かれた「職人尽絵」にあらわれる職人に近似しています。つまり『三十二番歌合』『七十一番歌合』には、桃山時代から江戸時代に通ずる職種があらわれてくるということができると思うのです。

このようないくつかの違いに注目してみますと、平安時代にさかのぼりうる前の三作品と、江戸時代に通ずるこの二作品との間に、職人のありかた、実態、あるいは職人を見る社会の見方の大きな変化があったの

第二講

もち井うり
ほくうる人ふ
もち酒(?)道

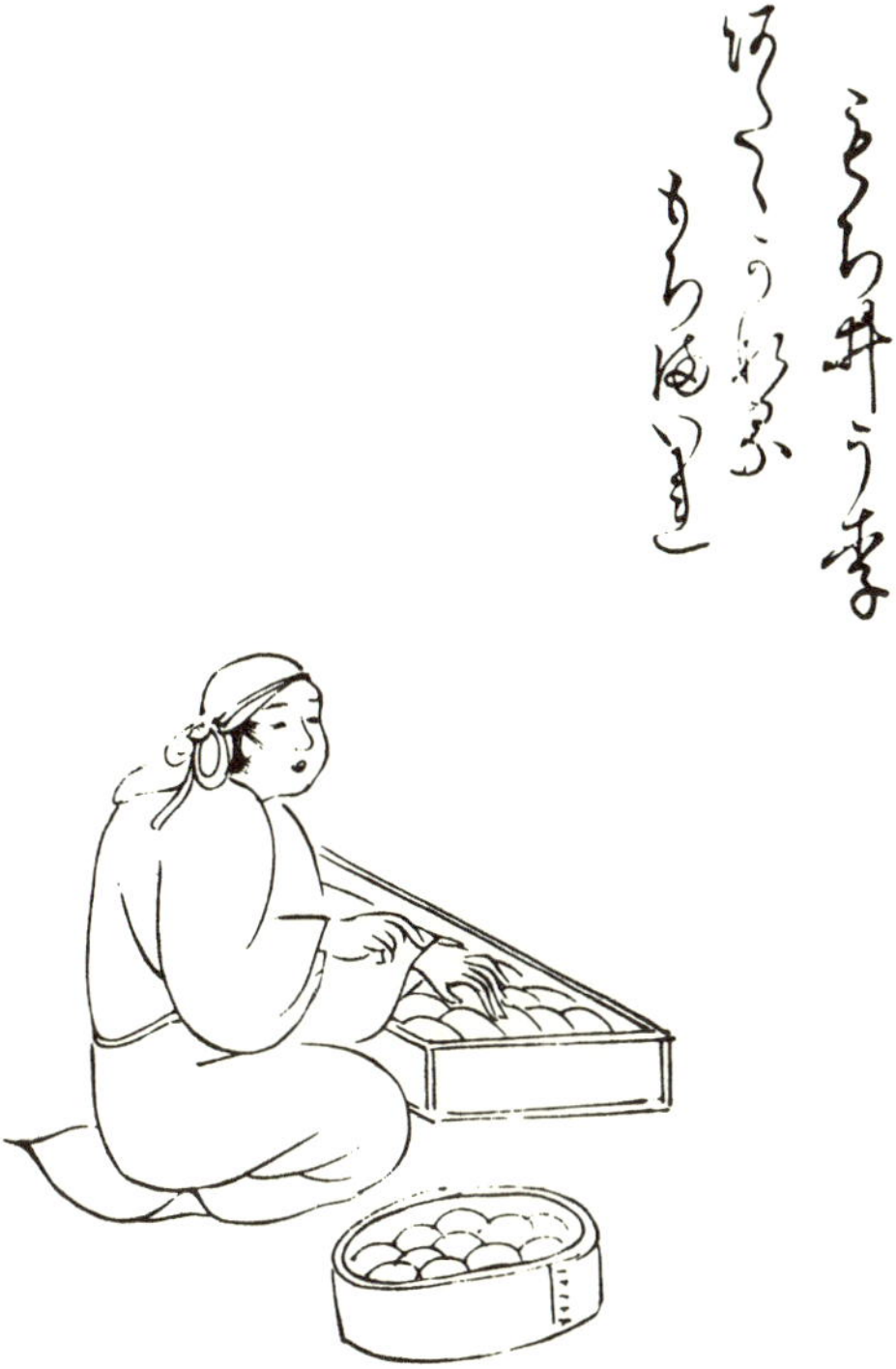

図13　餅売（七十一番）

ではないかと、考えることもできるわけです。もちろん社会的な分業は一段と進んでおり、職種の分化が進んでいることは事実ですから、そういう社会の進展がここに反映しているのは当然ですが、それだけではなく、職人そのものに対する人びとの見方のちがいが、このあたりの時期におこっているのではないかと予測することができます。

その観点から特徴的な職人、「道々の者」をとりあげてみますと、前の三者のうち『鶴岡放生会歌合』をのぞき、『東北院歌合』の二作品には、ともに博打が職人のなかにあらわれます。ところが、『三十二番歌合』『七十一番歌合』には博打は出てきません。また賈人《こにん》（商人）はやはり『東北院歌合』の「五番本」「十二番本」にはともに出てきますが、中世後期の歌合には出てきません。これは、中世前期の「商人」というのは、江戸時代の「商人」とちがって、遠隔地の物産を運ぶ人びと、中国大陸との貿易まで含む非常に広範囲を動く人びとがそのようによばれていたようで、中世後期になるとその意味が変化し、さまざまな商品を扱う商人が分化してきたことに由来すると考えられます。

図14　弦売（七十一番）

「賤しき身品」

また遊女は『鶴岡放生会歌合』に白拍子《しらびょうし》と番《つが》いになって出てきますが、これも『七十一番歌合』になると、「たち君・づし君」というかたちであらわれます。

こういう一連の変化の中でさらに注目すべきは『三十二番歌合』の序文です。そこには「われら三十余人同じく、賤《いや》しき身品《みしな》ながら」という言葉が出てきます。歌合の作者が、職人自身に、自分たちのことを「賤しき身品」といわせる形になっているのです。実際、『三十二番歌合』にあらわれる職人たちは、全体として十五世紀には社会的に賤しい身分とみられるようになった人びとが多いと思われます。すべてがそうではないと思いますが、その傾向が強いことはまちがいありません。

例えば『七十一番歌合』の第三十六番目には「穢多《えた》」が出てきます。これもあとでふれますが、この言葉・文字が文献にはじめて出てくるのは十三世紀末ですが、その時点ではまだ職人の名称としては定着していません。しかし十五世紀には「いたか」と番いになる職人として、こういう差別的な文字を使って「穢多」があらわれます。その他、「かはか

図15　鉢扣（七十一番）

はふ」や「つるうり」、「いたか」や「鉢扣《はちたたき》」などの人びとは、中世前期の非人、あるいは河原細工丸《かわらさいくまる》といわれていた人びとの流れをくんでいると考えられますが、これについてはまたあとで申しあげます。

いずれにせよ、中世前期においては、図像に即しても、詞書についても、職人が賤視されていた、あるいは職人自身が自分たちを賤しいものと考えていたとは考えられません。後世の思いこみをすてて自然に見るかぎり、中世前期の職人歌合にはこうしたことはうかがわれない、少なくとも具体的な証拠をあげることはできないと私は思います。

賤視の発生

ところが中世後期になると、すでに、『三十二番歌合』の序文に、職人みずからの言葉として「賤しき身品」といわせるようになっている。図像にもそれを物語るものが明らかにでてくるので、その点にも、職人のありかたにかなり大きな変化が起こっているのではないかと見ることができると思います。

これはどういう変化だったのか。中世前期の職能民、職人歌合が、神仏の法会にかかわるものとしてあらわれるということにはどういう意味があったのか、あるいは中世後期の歌合に、鎌倉仏教との深いかかわりが出てくるということの社会的な背景として、どういうことが考えられるのか。以下では、まず、職能民全般の社会的な地位を歴史の実態に即して見てみたいと思います。次に、そのさいもっとも特徴的にそれを示している職能民、つまり博打、遊女、非人にしぼって、少し詳しくその立場の変化の実情をお話ししてみたいと思います。

2　文献に現われる職能民

まず、「職人歌合」を少し離れて、職能民が、平安時代から中世にかけて、文献のなかでどのように現われてくるかについてお話ししたいと思います。

前講では、律令制が解体・変質していくのにともなって、役所・官司の請け負い、いわゆる官司《かんし》請負制《うけおいせい》が発展していくということ、そしてそのなかでこうした官司を世襲的に請け負う職能的な氏族、さらには、官司に対してその職能を通じて奉仕する職能民集団が独自に形成されていくと申しあげました。

供御人・神人・寄人

その動きのなかで、注目すべきことは、十一、十二世紀にかけて、多様な職能民集団のなかの主だった人びとが、供御人《くごにん》・神人《じにん》・寄人《よりうど》という称号を与えられるようになっていく点です。供御人は天皇の直属民、神人は神の直属民、寄人は、仏だけではありませんが、それを含む聖なる存在の直属民を意味する称号です。このうち寄人は一般的な言葉で、最初のうちは農業民まで含めて使われていましたが、十一世紀後半から十二世紀にかけて、職能民の称号・地位を示す言葉になります。これらの人びとはいわば「聖なるもの」の奴婢という立場に立つ人びとですが、職能民集団の有力者はこうした供御人・神人・寄人などの称号を与えられ、天皇家・摂関家や神社・寺院にそれぞれの職能を通じて奉仕するという地位に位置づけられていったのです。

神人・供御人は隷属民ではない

じつは供御人・神人・寄人については、神人が史料のなかに神の奴婢、

「神奴《しんぬ》」という言葉であらわれたり、寄人の場合にも「菩薩の奴婢」とか「寺奴《じぬ》」、「仏の奴婢」という表現であらわれてきますので、これまで、これらの人びとを賤しめられた隷属民、奴隷と同じようなきびしい隷属を強いられた人びとだとするとらえかたが、学者のあいだに広く行われてきました。もちろん神人の実態を研究している学者、商業史の研究者は、けっして神人をこのような賤しめられた隷属民とは考えていなかったと思いますが、この点については必ずしもつきつめた議論はされてきませんでした。後年、商人や職人が身分的に低い立場におかれたということも、こうした見方に影響を与えていたと思います。しかし、具体的に神人・供御人・寄人の実態を追究してみますと、この「常識」からは随分かけはなれています。供御人や神人の多くは、官位、官職と位階を持っています。たとえば東大寺鋳物師《いもじ》で蔵人所灯炉供御人《くろうどどころとうろくごにん》になっている草部是助《くさかべこれすけ》という人が、従五位下・豊後権守という官途をもっていますし、日吉《ひえ》神社の神人で大津に根拠をもち、北陸道日吉大津神人などといわれて、廻船人・金融業者として活動していた職能民も、「気比《けひ》大菩薩の奴婢」と自分のことをいっていますが、このなかにも官位をもっている人が見られます。前に職能民が役人・官人になったといいましたが、十二世紀ごろの職能民もその流れをくんで官位を持っていたのです。神人は俗人で、官位をもっている人が多いのですが、寄人は僧形の場合もあり、そのなかにはやはり僧位・僧官をもっている人もいます。ですから神人・寄人の社会的地位はけっして低くはありませんでした。社会的には侍クラスといってよいと思います。たとえば、御家人は、将軍、「鎌倉殿」の家臣として、中世には社会的にかなり高い地位に立っていますが、神人・寄人はそれに準ずる人びとだったということができます。ですから隷属的な奴婢のような人と考えるのは、まったくのまちがいであることは明らかだと思います。

「聖別」された人びと

こういう人びとは、神や仏、それに準ずる天皇などの、いわば人の力を超えた存在の「奴婢」であることによってその権威を身につけた人びとなので、むしろ聖なる方向に区別された人、聖別された人びとですから、一般の平民百姓とは完全に区別されており、特権を保障されていました。つまり平民の在家に課される在家役は賦課されない、通行税や関所での関所料も免除されるなど、さまざまな特権を持っています。

おもしろい特権の事例をあげますと、土器造《かわらけづくり》は、その原料としてどこの土地の土でも使ってよい、田畠になっているところでも、その土を持ってきて原料として使ってよいという特権を与えられていますし、木地屋《きじや》——中世には轆轤師《ろくろし》といわれた人びとは、ある高さ以上の山の木は自由に切ってもよいという権利を、慣習的に認められていました。こういう職能にかかわる特権を神人・寄人は保障されています。

しかも、神仏の権威を背景に持っていますから、寺院や神社は、神人・寄人を職能を通じて寺の行事、法会、神社の祭に奉仕させるだけではなく、ときによると、平民百姓が荘園の年貢を未進したり、あるいは年貢をなかなか出さないときに、強制執行をやらせることもありました。未進している百姓の田畠を差し押さえる、あるいは屋敷を検封するときに動員された神人・寄人が、特別な服装をして、「降魔《ごうま》の相《そう》」を現わして平民百姓を脅かして、寺社の命令を執行しています。ときによると、面をかぶったり、仏像を持った神人たちが荘園にあらわれることもあったようです。こういう役割を神人・寄人たちが果たすこともありましたから、平民百姓から見るとたいへん恐ろしい存在でした。当時はまだ神罰・仏罰は非常に恐るべきものと考えられていましたから、神仏に敵対し、神仏の「家臣」である神人に手をかけ、殺傷した場合には、たいへんな神罰・仏罰をうけると寺社の側はいいますし、一般の平民百姓もそういう意識で神人・寄人をとらえていたと思います。

供御人がそういう動きをした事例はまだ見つかっていませんが、御稲《みいな》田《だ》供御人が聖なる稲を持って嗷訴《ごうそ》した事例がありますので、やはりありえないことではないと思います。

そしてこのような神人・寄人・供御人の身分は、十二世紀の後半、王朝の制度として、平民とはっきり区別された存在となり、定員まできめられます。つまり神人・寄人になる人たちがふえて特権を濫用するので、国家がこれに規制を加え、定員をきめて、これ以上増えることのないように寺院や神社に通達し、官庁に対しても供御人の増加を抑制させるこ

神人・供御人制

とにして、神人や供御人の「交名《きょうみょう》」、名簿をつくらせることにします。ですからだれが神人・寄人であるかを、寺院や神社が掌握するだけではなくて、国家も公的に掌握するという制度ができます。これによって神人は、平民百姓とはちがう特権を国家によって保障されたことは明らかですし、その住居も平民の住宅とははっきりと区別されていたことを知りうる事例もあります。

まだ学界で通用している規定ではありませんが、私はこの制度を神人・供御人制とよんでよいと思っています。中世の土地制度については荘園公領制とよばれていますが、職能民については神人・供御人制という制度ができ、中世の王朝側の国家はこの二本の柱によって確立したと考えられます。もちろん十四世紀を境にして実態は変わっていますが、この制度は中世を通じてその機能を持ち続けます。ただ、注意しておく必要のあることは、すべての職能民が神人・供御人となったのではなく、百姓すなわち平民の中にも非農業的な生業を主とする人びとが少なからずいたことです。百姓は決してすべてが農業民だったのではなく、おもに非農業的職能で生活する人びとも数多く含んでおり、その中の主だった人びとが神人・供御人となったのです。しかし問題は、なぜそうした職能民が天皇や神仏のような人の力を超えた「聖なるもの」の奴婢、直属民になったかという点です。

神仏に直属する職能民——外国の事例

このようなあり方は西ヨーロッパにはみられないようですし、中国でも、あるいは非常に古い時期にはあったのかもしれませんが、あまり知られていないようです。むしろプリミティブな要素を残した王権、神聖王などとよばれた王に関連して、こういうことが見られるようです。

たとえば、スペインによって滅ぼされたインカ帝国には、神の奴婢といわれるヤナコーナ、あるいは女性で神の奴婢であったアクリヤという人びとがいたことが報告されています。これらの人びとは必ずしも職能民とはいえないようですが、まさしく神の奴婢で、日本における神人と同じように、大きな特権をもった存在であったといわれています。

アフリカのバムン王権にはやはり職能民が直属していると、文化人類学の和崎春日さんが「アフリカの王権と職人集団」(『歴史と民俗』一号)

人間を超えた力

で報告していますし、セイロンの古い王権にも、理髪師や洗濯職人が属しており、祭に大きな役割を果たしていたようです。このように、神聖王ともいわれるような未開な王権とのかかわりで、人類社会のなかに広くこういう職能民のありかたが見られるようです。

とすると、神人・供御人のようなかたちで職能民が組織されたということは、当時の日本の社会がまだかなりプリミティブな要素を持っていたことを示す、といえるのではないかと思います。つまり分業が未成熟で、「士農工商」のような身分が成立しえないような、未開で呪術的なものを残した社会に、律令という高度に文明的な制度が取り入れられることによって国家が成立したという、日本列島の社会と国家の特異なあり方が、このへんにもよくあらわれているのではないかと私は考えています。

前に、職能民伝説が十世紀以降にあらわれてくるといいましたが、一般の人びとにはできない特異な職能を身につけている職能民は、人の力を超えた世界と何らかの結びつきをもっているというとらえかたが、社会に広くあったことを、そこから理解することができると思います。自然の力を「不思議」な方法で開発して、さまざまのものをつくりだす、とくに金属を溶解していろいろなものをつくる職能、あるいはふつうの人の持っていない鋭い感覚を持つ霊能者、神と接触しその意志を伝えることができる陰陽師や夢解、巫女のような人たちの能力、これは一般の人びとの力を超えているわけで、それが神仏の世界と結びついて理解されたということは自然のことだと思います。

このように、一方では職能民を人の力を超えた神仏、あるいは天皇を含む「聖なる世界」との結びつきを持ったものとするとらえかたが社会のなかにあり、他方では、職能民の一部をすでに国家の官司に組織したという前提がある。それを組織的な制度にしたのが神人・供御人制と考えることができると思います。

境界領域に生きる人びと

それだけではなく、この時期の職能民が主に活動している場の問題にも注意すべきです。たとえば、山野河海や道路、市・関所が立てられるような津・泊・渡。こういう場所は、日常生活と異なる世界と当時は考

山伏

悪い者の
くせ山の宿
もていたれ
よ笠宿より

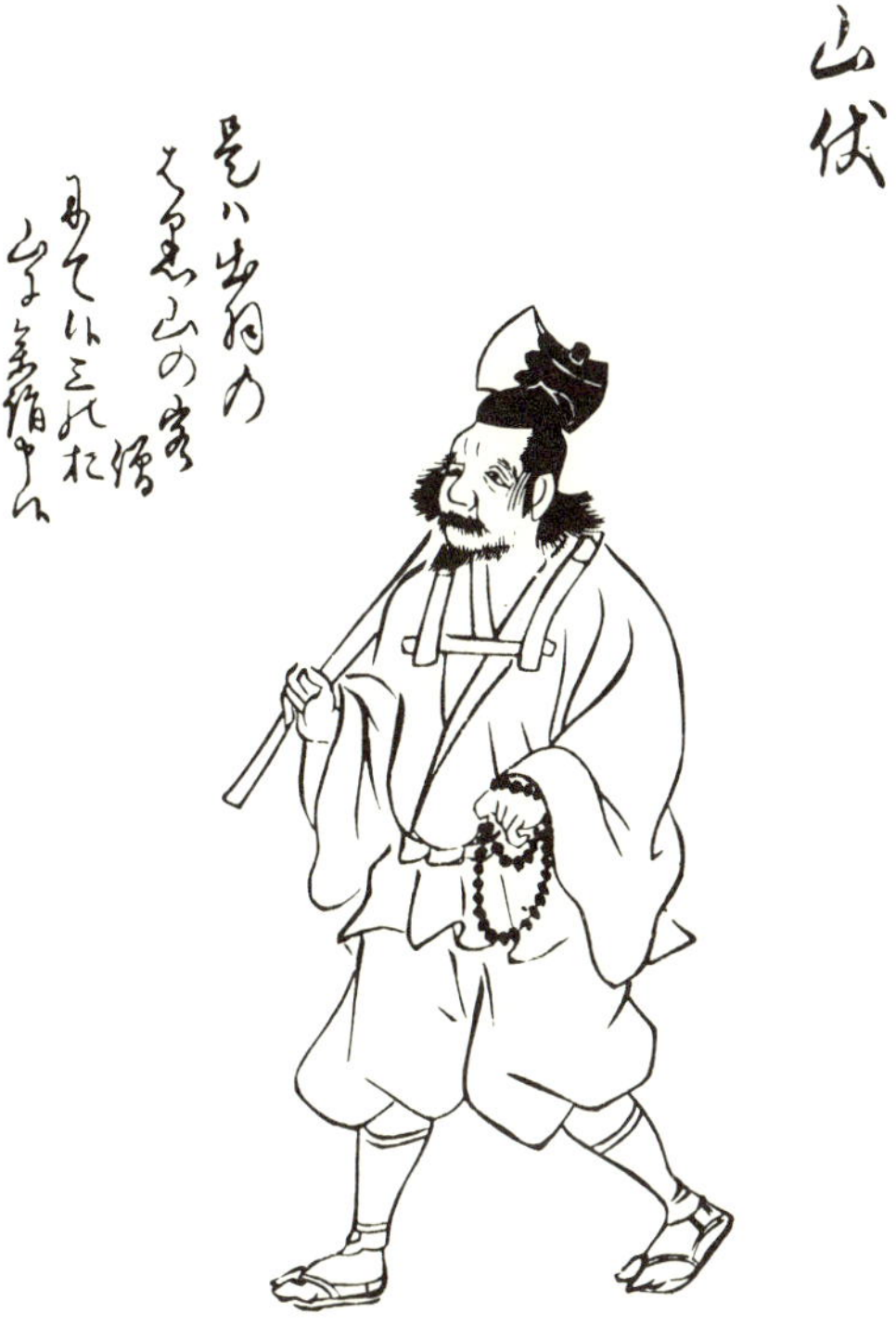

図16 山伏（七十一番）

えられていました。いわば神仏の世界と世俗の世界の境界領域としてとらえられていたと思います。河原などもそうした場だと思いますが、職能民が活動する舞台は、だいたいそういう境界領域だったことになります。たとえば、山で生業を営む樵《きこり》が『梁塵秘抄』に「樵は恐ろしや」などと歌われ、山林に交って修行する山伏が、のちに天狗と結びついて考えられるような異能者とされているように、日常世界を超えた山野河海、道路、市、河原などで活動する人びとに対する畏怖の感情が、一般の人びとの中にあったのだと思います。

さらに当時の職能民は、多くの場合、交易を営んでいます。鋳物師などはその典型で、たんに鋳造業を営むだけではなくて、鋳物や鍛冶の製品などのさまざまな鉄器、原料鉄、さらに絹布、穀物などを持って諸国を交易して歩いています。檜物師《ひものし》・轆轤師《ろくろし》も同じで、当時の職能民はみな交易活動を兼ねていたのですが、こうした交易という行為そのものが、日常の世界とちがった場ではじめて行いえたということもあったと思われます。勝俣鎮夫さんが『日本の社会史』（岩波書店）というシリーズの

図17　樵（七十一番）

図18　檜物師（七十一番）

神事としての交易

第四巻で、売買と質入れの観念についてたいへん興味の深い論文を書いておられますが（「売買・質入れと所有観念」）、その中で勝俣さんは、交易は神仏とかかわりのある場所、つまり人の力を超えた世界と関係あるところでなければ行いえなかった、市場というのはそういう場所であったといっておられます。これを私流にいい直しますと、ふつうの場所、日常の世界でものとものとを交換し合うと、人と人との関係は、緊密になる。人にものを贈り、人からお返しをもらうのは、贈与互酬の関係で、現在でも行われているように、ものの贈答は人間の関係を密接にする意味をもっています。時代が遡れば、ものそのものの中にその人自身の心がこめられている、つまりものはその人の分身であると考えられていますから、それをお互い同士交換すれば、相互の関係をたいへん密接なものにしてしまいます。それではものを商品として交換することはできません。しかし市場という場所は、日常の世界と縁が切れた「無縁」の場所、神仏、聖なるものの支配している場所ですから、そこに入ると、人ものも、世俗の縁とは無関係、「無縁」なものになります。ものは、神や仏のもの、つまりだれのものでもないものになってしまう。そこではじめて交易、交換が行われるわけで、これが商品交換のもっとも原初的な形だったというのが勝俣さんの論旨です。たとえば、虹が立ったところに市場を立てるということは、中世まで本当に行われていますが、これも売買、交易のあり方をよく示しています。市場はそういう日常の世界とは異なる特異な場所ととらえられていました。ですから市場に逃げ込むと、たとえ罪人でも捕えることができなくなるのですが、これらのことは私も別にふれたことがありますので(『増補 無縁・公界・楽』平凡社)、ここではくり返しません。ともあれ交易活動をして、そうした市場から市場へと移り歩いている職能民の活動は、中世前期までの社会では、神仏の世界との結びつきをもっている人でなければできない行為とされていたわけで、そうした社会の見方に支えられて、神人・供御人の制度が生まれてきたと考えられます。

金融を行なった人びと

さらに神人や寄人は、しばしば金融活動をやっており、こうした金融のことを中世前期には「出挙《すいこ》」といっています。出挙は古代の制度で、

金融としての出挙

春に種籾を百姓に貸し付けて、秋にそれに若干の利息をつけて返させるという制度です。律令国家は、この出挙を国家の財政制度のなかに位置づけたのですが、元来これは、神に捧げた初穂、最初の神聖な収穫物が神聖な倉庫に収められ、その中からとくに穀霊の強いとされている稲が、春に種籾として百姓に貸し出される。それによって収穫が見事に得られると、秋に神に対する返礼として、利息をつけて再び初穂を倉庫に返却するという習俗です。おそらくこれは、律令国家ができる前から日本列島の社会では行われていたと推定されていますが、それを制度化したのが出挙で、その利稲《りとう》が律令国家の地方財政の財源になったのです。こういう習俗が制度化され租税になると、強制力をもつので、一般の平民、百姓にとっては大きな負担になりました。これが「公出挙《くすいこ》」ですが、「私出挙《しすいこ》」も民間では行われていました。金融、高利貸の起源はここにあると思いますが、中世でもこういう金融のことを出挙といっています。

出挙の元本になるのは神仏に捧げられた初穂です。初穂は農業の場合ですが、「初尾」の方が古く、これは魚が本来だったのだと思います。

中世ではそれを「上分《じょうぶん》」ともいいました。たとえば、比叡山延暦寺に結びついている日吉神社の神に「上分」「初穂」として捧げられた米や銭が、上分米、上分銭といわれて金融の資本になります。こうした神や仏のものを貸し出して、神仏に対する返礼として利息をつけて返させる。利息はこのようにして社会に根づいていったと思います。こうした上分米、出挙の利息は「五把《ごわ》の利」といわれており、五割の利息ですから、非常に高いようにみえますが、出挙の場合は農業生産を経過するわけで、一粒の稲や麦の種籾からはたくさんの収穫がえられるのですから、五割の利息はそれほど高いわけではありません。それが金融の利息として継承されていくことになっています。

こうした神物・仏物を扱うことのできるのは、神仏に直属する神人・寄人だったわけで、これらの人びとが中世前期には借上《かしあげ》といわれて、金融をさかんにやっていますが、神物・仏物を返さないとたいへんな神罰・仏罰を受けることになると考えられていましたので、上分銭の貸付が最も安定した金融になったのだと思います。ですから、米・銭を神

銭を埋める

物・仏物にすることは、いわばこれを資本として投下しうるものにするという意味をもっていたのではないかと考えられるのです。

少し脱線しますが、中世では銭を埋める行為がさかんに行われます。ふつう銭を蓄えておくために地中に埋めるのだといわれていますが、地中に埋められたものは落とし物と同じで、神・仏のものになってしまう、つまりだれのものでもない無主物になってしまいます。例えば経塚《きょうづか》に埋められる経筒は、神仏に捧げられるものなのです。このように地中の世界は異界と考えられていたのですが、どうして銭を、そういう異界である土中に埋めてしまうのかという疑問がおこってきます。一つの推測ですが、私は銭を土中に埋めたのは、銭をだれのものでもない神仏のものにすることによって、これを資本として動かしうるものにするために、こうした埋蔵を行なったのではないかと思っています。実際、神仏に捧げる旨を記した箱に入れて銭が埋められている例もあるのです。このように中世人の銭に対する見方は、われわれの貨幣に対する意識とはだいぶちがった面があるとともに、そこにはなにか共通したものもあるとい

図19　出土した志海苔古銭と珠洲窯の甕（市立函館博物館蔵）

うこともできそうです。

脱線ついでにもう一つ申しあげますと、中世前期には、これまで述べてきましたように、交易にせよ金融にせよ、神仏とのかかわりでとらえられており、それが前提になって行われていたと思うのですが、中世後期になると、それまでの神仏とは異なる、鎌倉仏教の一神教的な宗派が力を得てきます。そのときこうした商行為、金融業と神仏との関係はどう変化したのか、これも考えてみなければならない重大なテーマです。鎌倉仏教でも祠堂銭《しどうせん》というような仏物の貸付のかたちで金融を行なっていますが、そればかりでなく、どうも鎌倉仏教の諸宗派は、田畠よりも勧進や金融をむしろ寺の経営の中軸においているように思われます。ですから、工人や商人、あるいは金融についての評価が、中世前期とはちがった意味で宗教的裏付けをもってなされる可能性も大いにあるので、鎌倉仏教は、都市的な性格を強く持った宗教だと思うのです。

ところがそれらの宗派が、一向一揆や法華一揆などのような大きな社会的勢力となりながら、結局世俗権力に完全に弾圧されてしまうわけで、その結果、全体として商工業者が、社会的には低い地位にランク付けされ、高利貸や金融業者は、どちらかというとマイナスイメージでとらえられるようになってくるのではないか、そういう見通しで考えるといろいろなことがわかってくるのではないかと思います。

さて話をもとへ戻しますと、このように金融の行為も神仏とのかかわりなしには行えなかった。神物・仏物であるが故に、米銭を資本として利息をとることができたので、そういう点からも職能民は、神仏とのかかわりで社会的に位置づけられるようになったのではないかと考えられます。十四世紀以前の職人歌合が、寺社とのかかわりをもつものとして作成されたのは、けっして偶然ではなく、こういう事情、職能民自身が神仏に直属する「道々の者」であったという事情が反映していると考えることができるのではないかと思います。

衰える神聖な力——十四世紀

ところが、このような聖なるものとしての神仏や天皇の権威、多少とも原始的で未開な呪術的なものとのかかわりをもった権威、あるいは神罰・仏罰に対する畏怖感が、南北朝の動乱を経過して十四世紀をこえると、急速に低下してきます。まず直接的には、動乱によって天皇家の権力が大きく失墜する結果になっています。大覚寺統と持明院統、いわゆる南朝と北朝という、天皇家の大分裂のために、しばしば跡継ぎの天皇をきめることについても、例えば、京都の王朝の三人の上皇が賀名生《あのう》につれ去られたため、つぎの天皇をきめることができず、女院を上皇のかわりにしてようやく即位させるなど、かなりの無理をしなければならない事態が起こったりしたため、天皇家の権威は全く低落します。また大寺院や神社、とくに南都北嶺といわれて、中世前期までは大変な力をもっていた寺社の実力もぐっと衰えてくる。十四世紀をこえるとこういう現象がはっきり見られます。その根底には、これまで人の力を超えた、畏怖すべき世界ととらえられていた神仏等々の聖なるものの威力が、人の力、世俗の力の進展によって、かなりの程度その威力が失われていく、いわば、文明化の一層の進展という事態があったのではないかと思います。神人、寄人、供御人の身分は、中世を通じて存在し続けていますし、中世前期以来の権威の伝統もまったくなくなってしまっているわけではありませんが、社会全体が、職能民の活動を、全体として世俗的な視点からとらえるようになってくるので、十五世紀にはそういう動きが顕著になってくると思います。ですから、職能民も神人としてみずからを表現するよりも、むしろ職能そのものによって自己を表現することが多くなってきます。

世俗化する職能民

麹売《こうじうり》は西京神人《さいきょうじにん》といわれて、北野社の神人なのですが、中世前期にはもっぱら北野神人、西京神人といわれているし、自らもそういっていますが、中世後期になるとそうした表現もないわけではありませんが、むしろ麹売という言い方のほうが社会に広く用いられるようになっていきます。馬借《ばしゃく》は厩寄人《うまやよりうど》だったので、前期にはそのようによばれていますが、後期になるともっぱら馬借として登場する。このように十五世紀には、世俗的な職能そのものが職人の呼称になってきます。これは、神仏の権威の低落にともなう職能民自身の社会的な地位の変化を示していると思います。

世俗化から疎外へ

商人や手工業者は、そのなかで有徳人といわれ、貨幣に象徴される世

図20　麹売（七十一番）

俗的な意味をもちはじめた富を手にすることによって、社会的な地位をともあれ保つことができたのですが、かつて聖なるもの、神仏の権威に依存するところ大であった人びとの一部は、この動きの中で社会から賤視され、卑しめられるようになってきます。神仏の権威に結びついていたが故に、ある種の畏怖感をもって見られていた人びとが、神仏の権威が低下したために、一般平民とちがう、異様な仕事をしているという点から、社会の中で卑しめられる方向で疎外される傾向があらわれてくるのです。先ほどあげた『三十二番歌合』で「賤しき身品」と作者が職人自身に言わせるようになってくるのは、こうした社会的な動きが背景にあると考えられます。

こういう傾向は狭い意味の芸能民、あるいは巫女のように、聖なるものの権威により大きく依存していた人びとの場合、顕著に出てきますので、それが十五世紀の職人歌合には、いろいろなかたちで反映しているように思います。

そこでこれからは、職人歌合に現われる職種のなかで、中世前期と中世後期と比べてちがいがはっきりしているもの、例えば、前期にはあらわれるのに後期にはあらわれない博打、前期には遊女としてあらわれ、後期には立君・辻子君という売笑婦としてあらわれる遊女、前期にはあらわれませんが、後期にはその分化した姿がいろいろな形でみられる非人・河原者、こういう人びとに即して、個別的にお話ししてみたいと思います。

3　変貌する職人像——博打・遊女

『東北院歌合』の「五番本」には巫女と番《つが》いになって博打があらわれますが、「十二番本」では博打が舟人と番いになって描かれています。博打については、『中世の罪と罰』（石井進・笠松宏至・勝俣鎮夫・網野編、東京大学出版会）のなかで、少し詳しくふれておきましたので、ご参照いただければと思いますが、博打を「道々の者」——職人の一種としてとらえたり、あるいは所能——芸能の道を持つものとして博打があらわれることは、前にもふれました。『新猿楽記《しんさるがくき》』でも博打は独特の「所能」としてとりあげられていますし、さらに、『筑後《ちくご》鷹尾《たかお》文書《もんじょ》』の鎌倉時代の文書のなかにも、博打は芸能であり、博打の道があったことを示す文言がはっきりあらわれてきますので、これは間違いないということができます。

このように、前に述べた『二中歴《にちゅうれき》』にも、『新猿楽記』や『梁塵秘抄』『普通唱導集』にも博打、双六打などがあらわれてくるので、十四世紀までは、博打が「職人」として扱われていたことは確実です。そしてその最もふつうのかたちは双六打だったと思われます。「高名の博打」などといわれるように、博打の名人もでてくるのですが、一方、博打や双六に対する禁制、禁止令もきわめて古くからあらわれてきます。持統天皇三年（六八九）からはじまって、平安時代、鎌倉時代を通じて禁令はきびしくくり返されています。とくに「博打は盗犯の基《もとい》」といわれたり、「諸悪の根源」とまでいわれて厳禁の対象になっていますが、にもかか

『医心方紙背文書』

わらず、一方では博打を「芸能」と見る見方が根強く存在したことも否定できません。これをどうとらえたらよいかについて、まだ私には十分にはわかっていませんが、私曲《しきょく》や偸盗《ちゅうとう》を「芸能」と見る見方の流れのなかに博打をおいてとらえることは可能だと思っています。しかし、最近、この問題を考えるうえで、たいへん興味深い重要な史料が紹介されました。

現在、文化庁が保管している『医心方《いしんほう》』という書物の裏文書――平安時代の文書の裏を返して『医心方』が写されているのですが、その文書、『医心方紙背文書《いしんほうしはいもんじょ》』が最近紹介されたのです。紙背文書は、ふつうの経緯で伝来した文書ではわからないたいへん面白い世界をわれわれの目の前に繰り広げてくれます。つまり廃棄されてしまうはずの文書が、たまたまその裏に典籍が書かれたり、貴族たちの日記が書かれたりしたために、偶然残ったわけで、思いがけない世界がみられるのです。『医心方紙背文書』は『加能史料』の四巻に加賀・能登関係の文書が紹介されており、『加能史料研究』四号に瀬戸薫さんが全文書を紹介されていますが、この文書はすべて十二世紀前半の文書であることはまちがいありません。五味文彦さんの考証によって、平安時代末期、保安《ほうあん》三年（一一二二）から大治《たいじ》四年（一一二九）、近江・加賀・越中の目代《もくだい》となった人の手中にあった文書と考えられますが、そのなかに、大治二年の加賀国に関わる「国務雑事注文《こくむぞうじちゅうもん》」とでも題すべき文書があります。これは平安時代末期の国衙の役所を管理する国務に携わる人、受領とその代官である目代が、国の仕事として統括しなければならない各種の役所の仕事の事書《ことがき》、「――事」だけがずらっと列挙されている文書で、これによって平安末期の国衙の役所の状態を知ることのできるきわめて貴重な史料です。

たとえば、船を管理する船所、細工・工人を管理している細工所、あるいは勝載所《しょうさいどころ》という船の積み荷を管理し、おそらくそれに勝載料という税金を賦課する仕事をやっている役所のあったこと、さらに船所の統括下にある海人や梶取がいたことなどいろいろなことがわかります。

その中で私がいちばんおどろいたのは――この文書を紹介された神戸大学の戸田芳実さん（『初期中世社会史の研究』東京大学出版会）もこの点

を特筆しておられますが――巫女《みこ》別当という役職と並んで、双六《すごろく》別当がでてきたことです。事書だけですから、なにをやっていたのかわかりませんが、奇しくも巫女別当と双六別当とが隣り合わせに並んで出てきます。私はこれをみてすぐに『東北院歌合』の五番本、裸になった博打と怖そうな年老いた巫女の番いを思い出しました。博打と巫女が番いにされたことは、当時の社会としては大いに根拠のあったことなのだと思います。

しかし、それ以上に、平安末期の国衙に双六打を統括する役職があったことは、博打の問題を考える場合、きわめて注目すべきことです。巫女については、当然、国衙が管理している神社にかかわる巫女がいたことはまちがいありませんので、そうした人びとを統括する役職のあったこともわからないではありませんが、双六打は博打そのものなのです。そうした人びとが国衙に公的に統括されていたことが史料によって証明されたわけですから、さらに一歩すすんで、京都の朝廷にも類似の役職があったと推測することも、これによって十分可能になってきたのです。

前講で申しあげたような、日本の職能民の一般的なありかたから考えてみると、これは律令制にまでさかのぼりうる可能性すらあるといえるので、実際、正倉院の宝物のなかに見事な双六盤があることは皆さんもよくご承知だと思います。

囲碁・双六などの遊びは、宮廷では古くから行われていたのですが、どこの官庁がこの双六打や囲碁打を組織していたのかは、これからの検討課題です。恐らくは十世紀以降、官庁のありかたが大きく変わってくる過程で、双六別当という役職が朝廷にもあらわれてくるのではないかと思います。

神事としての双六

また巫女と双六打がなぜ番いになっているのかといえば、巫女はもちろん、双六打も神意を占うということがあって、両者が番いにされたのではないかと推測できます。例えば、お産のとき、巫女が物付《ものつき》となって、物の気をひきうけるのですが、そのとき双六盤がそばにおいてあるのです。これは絵巻物にみられる庶民的なお産でもそうですし、西園寺《さいおんじ》公衡《きんひら》の日記(『公衡公記』)にみられる女院のお産のときも同じです(拙稿「中世

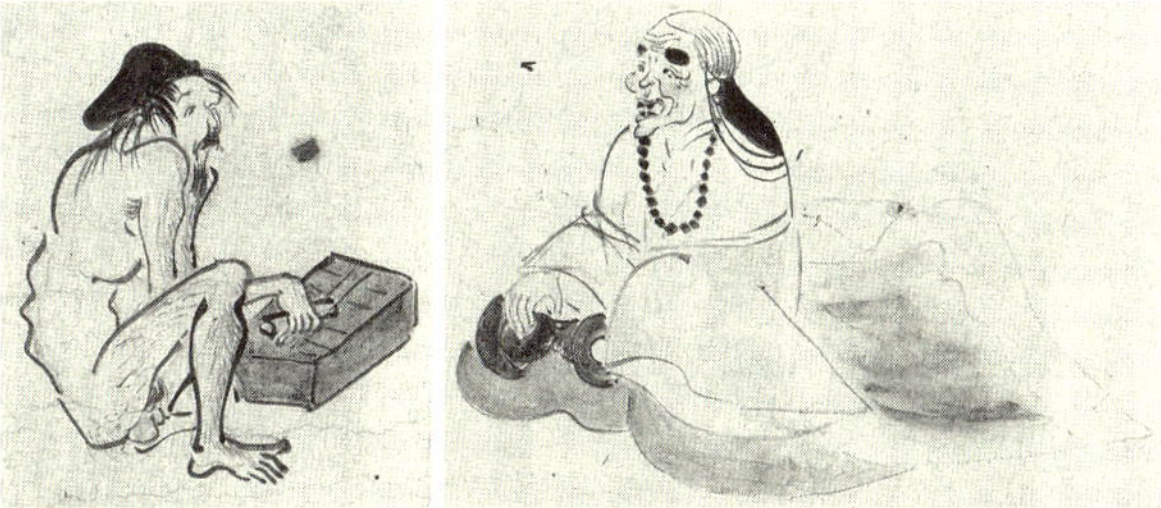

図21　博打（左）と巫女（右）（東北院五番本）

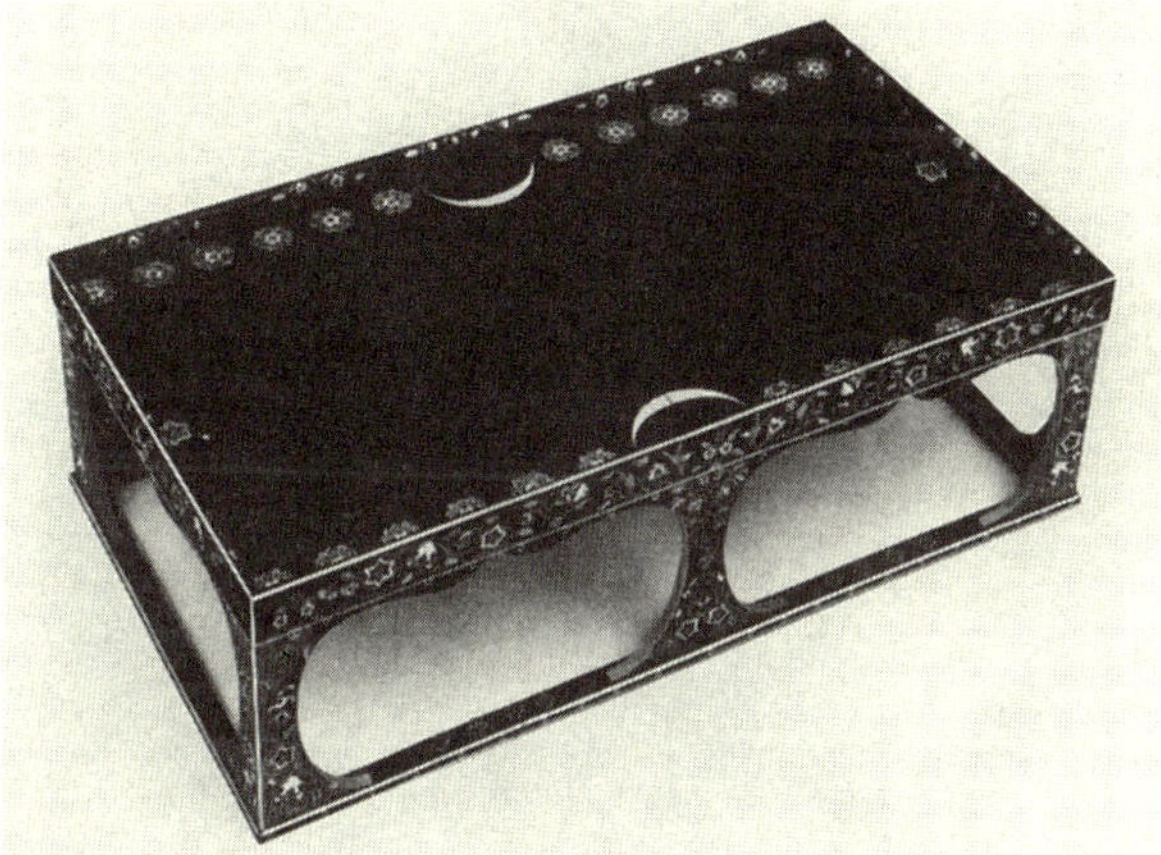

図22　双六盤（正倉院宝物，朝日新聞社刊『正倉院宝物』より）

遍歴民と「芸能」」、『大系 日本歴史と芸能』第六巻「中世遍歴民の世界」平凡社)。

そう考えると、双六打、博打と天皇家、貴族は、意外に深い関係にあったと考えられます。実際、光仁天皇は皇后と双六をやって、負けたらなにかおまえの思うとおりにしてやるといったところ、負けてしまったので、皇后に頭を下げたという話が『水鏡《みずかがみ》』に伝わっていますし、惟喬《これたか》親王や醍醐天皇が双六、博打をやっている話があります。また白河上皇が「天下三不如意」——自分の意のままにならぬものとして「鴨川の水と双六の賽と山法師」をあげたことは有名ですが、これは白河自身が双六をやっていなければ絶対にいえない言葉だと思うのです。また後白河の時代、十二世紀末期には「院中、博打のほか他事なし」と貴族が日記に書くぐらい、宮廷で博打がたいへん流行していたことがわかります。『愚昧記《ぐまいき》』という藤原実房《ふじわらさねふさ》の日記のなかにはっきりそのように書かれているのです。

もちろんこれは民間にも広がっていたわけで、『東北院歌合』の博打のように、これに打ち込んで烏帽子をのぞくすべての衣類までとられて

古代インドの賭博長官

しまうぐらい夢中になる人もでてくる。こういう状況について、博奕を禁制する動きがつねに一方にあったことは先ほど述べたとおりですが、他方、博打を芸能と見てその道にしたがう人を「職人」と見るみかたも根強くあったので、その理由は、実際、博打が朝廷や国衙に属する職能民だったことに求めることができると思います。

しかも、こういうことは日本の宮廷だけのことではないようで、京都大学の応地利明さんから教えられた『アルターシャーストラ』と題された書物、古代インドのマウリヤ王朝の初期、紀元前四世紀後半から三世紀初めぐらいに成立したのではないかといわれる「王のなすべき義務等々を論じた政治論書」ですが、そのなかには賭博長官が出てきます。これは賭博者を監督して、彼らに定められた場所で、正当な方法で賭博を行わせて、そこから収入を得ているのです。「賭博長官は一カ所で賭博を行わせるべきである、ほかのところでやった連中は十二パナの罰金を科する」とありますので、長官の統制下で賭博を管理していたわけです。

おもしろいことには、同じ本に遊女長官も賭博長官と並んで出てくるのです。ここでも遊女に関する細かい規定があげられており、たいへんおもしろいのですが、日本の社会との類似におどろかされます。たぶんこういうことは、紀元前のインドの王朝のような未開な性格をもった古代的な王権の場合、おそらく広く考えうることではないかと思うので、博打が国制のなかに組み入れられているのは、けっして日本列島の古代から鎌倉時代までの国家だけのことではない、広く見渡すと、人類社会の古代的世界にはおそらくこういうことがあちこちにありえたのではないかと思うのです。

ただ、興味深いことに、『東北院歌合』の十二番本では博打の表現がだいぶ変わってきます。この絵の描かれた時期は五番本よりだいぶのちのことで、十五世紀ではないかといわれていますが、十二番本が成立した時期の絵そのままなのかどうかについてはまだ問題が残っています。ただ注目すべきは、組み合わせ（番い）が五番本と変わっていることで、博打は巫女ではなくて船人と組み合わされているのです。これについて

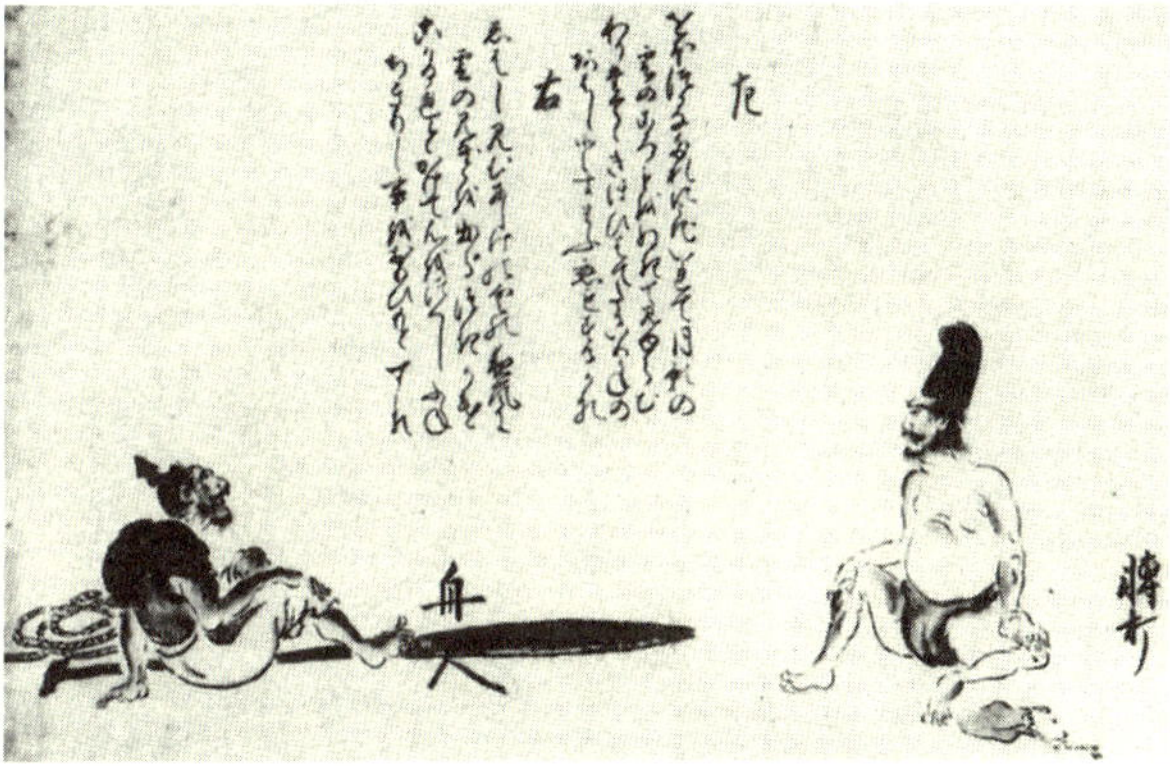

図23　博打と船人（東北院十二番本）

岩崎佳枝さんは、船人の場合の「板子一枚下は地獄」という危険性と、博打の危険性という共通性がこの番いの背景にあると述べておられるのですが、船の交通は日本の社会では早くから安定した交通手段になっており、廻船人といわれる職能民、つまり職人としての船人は平安時代末には確実にあらわれています。ですから船人の危険性に理由を求めることは無理ではないかと思うので、むしろ船は博打が最もよく行われる場所の一つだったということではなかったか。江戸時代、博打はしばしば船のなかで行われており、船のなかは市場と同じようなアジール、「無縁」の場で、外の権力は及んできません。ですから、船のなかではよく博打が行われたといわれていますから、それが船人と博打の番いの背景にあるのではないかと思います。ただ、船人と博打を番いにさせた十二番本は、巫女と博打の番いに比べて、多少とも時期が降ってからのとらえ方であることは間違いないと思います。

それはともかく、博打が職人歌合のなかに出てくるのは、十四世紀以前では全く不自然なことではありません。諸道、諸職、所能、芸能のな

消える職人としての博打

かに博打はつねにあげられており、十三世紀末に成立した『普通唱導集』でも博打は「芸能」の一つにあげられているのです。ところが、十四世紀末の『庭訓往来』の職人尽には博打はあらわれませんし、十五世紀に成立した「職人歌合」にも博打はでてきません。文献から見るかぎりでは、十五世紀にも博奕はさかんで、宮廷でも博奕会《ばくちえ》という遊びの会が開かれていることがわかりますし、『多胡辰敬家訓《たこときたかくん》』をみますと、この人の先祖で足利義満に仕えた小治郎重俊という人は、「日本一番ノバクチ打」であったといわれています。しかしこのように博奕は遊戯の世界のものとして広く行われる一方、多胡辰敬も博打はやるべきではないと家訓に記しているように、博打に対する抑制、さらに禁制、処罰が、戦国時代の分国法《ぶんこくほう》になると非常にきびしくなってきます。だいたい、十四世紀以前の博打に対する処罰は案外軽いようで、鎌倉幕府法でも侍が博打をやったときにはそれほど重い科《とが》は課せられていないのです。ところが、戦国時代になると死罪を含むきびしい処罰があらわれてきます。こうして博打自身は、陰の世界にしだいに押し込められていくということになったのではないかと推測することができます。

しかしその後の江戸時代以降でも、われわれがテレビや講談などでお馴染みの、侠客・博徒の世界は、延々と生き続けていますので、博打を職人、芸能の一種とする見方は、日本の社会の底流には依然として広く生きている、現在でも生きているといえないわけではないと思います。

それはともかく、このように博打の扱いかたが大きく変わった時期は、まさしく前の三作品の職人歌合から、後の二作品の職人歌合における職人の扱いかたへと変質していく、その動きに並行しています。賽の目に神の手や神の意志を見るような社会のなかでの博打のありかたと、それを遊戯と考え、ときには秩序を大きくくみだす動きとしてしか見ないような社会との大きなちがいが、この辺に端的にあらわれているのではないかと思います。

現在はまだわからないことだらけですが、馬借が厩寄人といわれ、鋳物師が灯炉供御人とよばれたように、博打も中世前期にはそうした別の呼称でよばれていたことは確実だと思いますので、今後、その呼称を見

高貴な遊女

つけ出し、博打がどこの官庁に統括されていたかを探り当てることができれば、ことはいっそうおもしろくなるだろうと思っています。将軍義満に仕えていた人が博打だったのですから、表は官人や武士でも裏で博打だった人は、必ずや多かったと考えられるのです。

さてこの博打と同じような経過をたどり、社会的地位の転換がおこるのは遊女だと思います。遊女については、すでにあちこちでふれたことがありますので(『日本論の視座』小学館)、ここではその概略だけをお話しすることにします。

遊女は『鶴岡放生会歌合』のなかに白拍子と番いになって出てきますが、この遊女はお姫様のようなきれいな着物姿で鼓をもっています。この鼓が遊女らしいところを示しているのですが、もしそれをのぞいて「これはどこかの貴族の家の女房だ」といって絵を見せられたら、だれも疑わないでしょう。つまりこの遊女は宮廷の女官であるといわれてもおかしくない姿で描かれています。一方の白拍子は舞を舞っている姿で描かれており、『鶴岡放生会歌合』の絵を見るかぎり、いわゆる「売春

図24　遊女（右）と白拍子（左）（鶴岡放生会）

婦」としての遊女らしさをうかがうことはできません。

ところが、『七十一番歌合』の立君《たちぎみ》と辻子君《づしぎみ》はこの遊女とは大変ちがっています。ここで一言申しあげておきますが、これまでこの歌合に平仮名で「つしきみ」と書かれていたのを「つじぎみ」と読み、「辻君」とされておりました。いまでもこれを辻君という人がかなり多いのですが、江戸時代に読み方のまちがいがおこったようで、「つし」は「辻子《づし》」で、辻子君《づしぎみ》と読むべきなのです。『広辞苑』第四版でもまだ「辻君」となっていますが、これは辻子君と訂正しなくてはならないと思います。辻子は小路のことで、遊女屋の集まっている辻子があり、そこに住んでいるのが辻子君です。江戸時代の遊女屋とは違うのですが、遊女の住んでいる屋という意味で、当時の言葉では「傾城局《けいせいのつぼね》」ともいわれています。この絵ではそうした遊女屋を訪ねた客がいて、「や、上﨟《じゃうらふ》」といっている。客のほうが遊女を「上﨟」と呼んでいるのです。一方の立君はまさしく街娼で、これがこれまで辻君といわれてきた人なのです。しかし当時は辻君ではなく、立君といわれていたのです。この立君は自分の顔を

図25　立君（右）と辻子君（左）（七十一番）

売春婦としての遊女

見せて客引きをやっています。ふつうの女性はこのように人に顔は見せませんので、これは間違いなく売春婦ということのできる遊女の姿です。ここにいたって、かつて宮廷の女官と同じような姿で描かれていた遊女は娼婦として扱われることになってしまったのです。

この遊女の地位の変化は、劇的ともいえるほどで、中世前期までの遊女と中世後期以降の遊女は、そのあり方に非常に大きな変化があったと考えられます。これは前講でご紹介した後藤紀彦さんの研究で非常に詳しく述べられていますし、私自身もあれこれ触れたことがありますので（「遊女と非人・河原者」、『大系 仏教と日本人 8 性と身分』春秋社）、ここではあまり立ち入らないことにしたいと思いますが、私は、遊女の重要な

遊女の源流

源流の一つは、後藤さんもすでに示唆していらっしゃる通り、律令国家の後宮、女官たちの世界、あるいは雅楽寮などの官庁に組織された歌女《うため》などにあると考えています。先ほど紹介した『医心方紙背文書』によってもわかりますが、国衙の役所にもやはり巫女や女騎など、さまざまな女性が組織されており、律令官制には女性がかなり組織されているので

す。このへんが恐らく中国の律令制とだいぶちがうところだと思います。

とくに大きな相違は、日本の後宮に宦官がいないことで、女性が後宮を統括しているのです。遊牧民には去勢の技術が絶対に必要なのですが、日本の社会には遊牧の伝統はほとんどありません。牧畜も規模が小さいので去勢の技術が発達しない。こうした社会的な条件を背景として、日本の社会には宦官は生まれませんし、去勢の技術もはるか後になるまでは発達しません。ですから、後宮を統括するのは中国大陸や朝鮮半島の国家では宦官なのですが、日本の律令国家をはじめ、のちの国家でも、後宮を統括するのは男性ではなくて、女性自身です。

　こういう後宮や令制の中央官司や各地域の国衙に組織された職能民としての女性の下級官人が、さきほどのべた官庁組織の解体、それにともなう独自な職能民集団の形成の過程で遊女集団の核になっていったのではないかと私は考えてみたいのです。厳密にいえば、まだ情況証拠にとどまるといわざるをえないのですが、たとえば平安後期から鎌倉時代にかけての遊女は、宮廷にきわめて近いのです。勅撰和歌集に遊女の和歌

宮廷に出入りする遊女たち

鎌倉幕府の遊女別当

が採られている事例もあり、文献（『右記《うき》』という記録）のなかにも遊女・傀儡《くぐつ》・白拍子は「公庭《こうてい》」、つまり朝廷に所属するものであるとはっきりいわれています。さらに、淀川の河口近くの江口・神崎の遊女は「江口方《かた》」「神崎方」という形で組織されており、なんらかの公的な役所に統括され、順番を組んで宮廷の儀式に出ていたこともまちがいありません。たとえば、有名な「あまつ風雲のかよひ路ふきとぢよをとめの姿しばしとどめむ」という和歌で知られる五節《ごせち》の舞《まい》の舞姫になるのは貴族の女性ですが、その下仕《しもづかえ》――舞姫を補助する役割をする人に江口・神崎の遊女が召されるのは、平安後期から鎌倉時代まで、通例になっています。

鎌倉幕府でも同じように里見義成《さとみよしなり》という有力な御家人が遊君別当《ゆうくんべっとう》になっています。これは男性が統括しているのですが、遊君たちは順番を組んで、将軍家のいろいろな宴席に召し出されます。まわりの遊女たちの嫉妬によって順番を外されたので、自殺をした遊女がいたという話もありますので、朝廷と同じような方式で組織されていたことは明らかです。

朝廷にも「遊女別当」がいたのではないかと私は考えていますが、これはまだ証拠がつかめません。しかし白拍子奉行人という役職のあったことは最近の研究（豊永聡美「中世における遊女の長者について」、『中世日本の諸相』吉川弘文館）でわかっています。下級の貴族の女性で遊女になった人もあり、逆に遊女で女官になった人がいたこともよく知られています。実際、天皇あるいは上皇に寵愛されて女房として取り立てられ、局《つぼね》号を与えられた遊女がいたことは記録のなかに頻出します。いちばん有名なのは後鳥羽上皇に寵愛された亀菊という、承久の乱のきっかけになった遊女だと思いますが、それだけでなく、丹波局《たんばのつぼね》のように局号を与えられて宮廷に仕えるようになった遊女は何人も知られています。ですから、遊女は天皇の子どもを生むし、貴族たちの子どもも生む。逆に自分の母が遊女であることは、当時の貴族にとって、何らマイナスの評価になっていません。十四世紀までの貴族の系図にも、はっきり白拍子・遊女が母であると書かれている事例がたくさんあります。

このような事実を見ますと、平安末期から鎌倉時代にかけて、遊女と宮廷の女房の世界が重なり合っているところのあることは明らかなので、

大宰府の遊行女婦

さきほどのように下級官人として組織されていた女性たちが、官庁組織が解体して官司請負制が進展する動きのなかで、独自の女性職能集団になっていった、それが遊女の中核ではないかと考えるのが、こうした状況を最もよく理解しうる説明ではないかと考えています。

もちろん証拠が全くないわけではありません。古代にさかのぼりますが、大宰帥で大伴家持《おおとものやかもち》の父親である旅人《たびと》が大納言になって都に帰って行くときに、大宰府の官人たちといっしょに児島《こじま》という「遊行女婦《うかれめ》」が旅人を見送っており、旅人と児島との歌の贈答が『万葉集』のなかに収録されています。大宰府の官人たちといっしょに「遊行女婦」が並んでいることは、大宰府にもやはり遊女が正式に所属していたと推測させるのに十分ではないでしょうか。鎌倉時代にも「宰府遊君《さいふゆうくん》」がいたことがわかりますが、これはその流れをくんでいる女性だと思います。このように遊女もまた、鋳物師などの職能民集団とまったく同じ道をたどって独自な職能民集団になっていったということができます。

鋳物師などを統括した人は惣官《そうかん》といわれますが、遊女の場合には長者《ちょうじゃ》といわれる人が統括しています。女性が長者になる場合も多く、十二、三世紀のころには遊女の長者は基本的に女性だったと思います。博打にもたぶん長者に当る人がいたのではないかと思います。「国々の博党」などといわれる組織があったので、これを統括する人も長者、長吏《ちょうり》といわれていたのではないかと思いますが、史料的にはまだ確認できません。しかし遊女の場合には、史料に即して長者を確認できますし、その組織が一﨟《いちろう》、二﨟《にろう》のような﨟次《ろうじ》を持つ座的な組織だったことも明らかです。また、中世になって、遊女を統括した官庁として、いまいちばん可能性があるといわれているのは、雅楽寮や内教坊《ないきょうぼう》という役所ですが、こう考えてくると、中世前期の遊女の社会的な地位は決してそれほど低くはない。他の職能民と同じだったので、女房と同じような姿で「職人」として絵に描かれても決しておかしくはない立場にいたと思います。その点では白拍子や傀儡なども同じだったと思います。

そのころの遊女は船で津・泊に集まり、船中に客を迎え入れるというケースが西日本では多いのですが、東日本では「宿々《しゅくしゅく》の遊女」などとい

芸能としての「好色」

われて、宿に遊女がいたようです。しかしこうした遊女や白拍子も、中世前期にはあちこちを遍歴していたようです。白拍子の場合は神社に属した人のいたことがわかっており、美濃の城田寺《きだいじ》に白拍子の集団がいて、京の堀川、猪熊《いのくま》などに関係を持っていた事実も知られています。このように遊女・白拍子・傀儡たちも、ほかの職能民と同じように寄人・神人に準じて考えられるので、聖なるもの、人の力を超えた神仏との結びつきをもつ職能民ととらえられていたのではないかと思います。

ところで、遊女は「好色」がその重要な芸能の一つです。これはセックスそのものの芸能を指すのだと思いますが、ただ、この「好色」のとらえかたも、江戸時代以後とはだいぶちがっていたと考えられます。

たとえば、『禁秘抄《きんぴしょう》』は、宮廷の年中行事等について順徳天皇が書いた有名な故実書で、武家諸法度の最初に出てくる「天子御芸能の事」というのはこの本からとったのですが、そのなかに「好色の道もほどほどに天子は身につけておけ」ということがいわれています。ここでの「好色」は十五世紀以降のとらえかたとはかなりちがったとらえかたがされていたようで、それはセックスそのものが人の力を超えたものとのかかわりでとらえられていた面があったからだと私は思っています。遊女を、神仏ともかかわりをもつ職能民・職人ととらえた一つの背景はここにあるので、同じく神仏に捧げられる舞や歌の芸能ももちろん遊女の芸能ですが、ただそれだけではなく、「好色」の芸能そのもののとらえ方と深いかかわりがあると思います。

このように、遊女が宮廷に結びつくというあり方も、博打と同様、決して日本の王朝だけのことではありません。先ほど述べたように、古代インドには遊女長官がいたこともわかっていますし、朝鮮の場合にも妓《ぎ》女《じょ》は宮廷に結びついて、かなり高い社会的な地位を持っていたといわれています。東南アジアの遊女も宮廷と関係をもっている人びとがいたという話を聞いたことがあります。また先ほどもふれたインカの神の「女奴婢」アクリヤは、宮廷において非常に地位が高い女性の集団で、日本の采女《うねめ》などに近い性格をもっているとも考えられています。こういう人びとが民間に流れ出て遊女になるという考えかた、つまり巫女が遊女の

定住する遊女

起源だという見方は古くからありますが、日本の社会の場合は、それほど単純ではなくて、一度律令制の官庁に組織されてから、そういう女性職能集団が官庁と結びついて現われるという点が重要なのではないかと思います。この分野ではまだまだほかの民族との比較など、やらなくてはいけないことがたくさん残っており、それによって日本の遊女のありかたはもっとはっきりわかってくると思います。

これまで遊女というと、われわれは、江戸時代以降の遊女、娼婦をすぐ思い浮かべるのですが、そういう見方から十四世紀以前の社会、遊女のありかたをとらえてしまうと、大きなまちがいを犯すことになると思います。

ところが、十四世紀をこえると、遊女の社会的な地位が劇的といってもよいほど転換してしまいます。まずそれまで女性の長者の統括していた遊女集団が、亭主《ていしゅ》といわれる男性に統括されるようになります。また遊女たちは遍歴をやめて、津・泊、京都の場合には「辻子」と呼ばれる小路に屋《や》を持ちはじめます。屋は遊女自身の家で、前にいいましたようにこれが傾城局と呼ばれたのですが、辻子にはこういう局が軒を並べ、そこで客をとる辻子君があらわれ、同時に立君といわれる街娼が十四世紀の後半から十五世紀にかけて史料の上で確認することができるようになってきます。

十四世紀に入ると、辻子の名前として、地獄辻子が出てきますが、それ以外に、

奥山も思ひやるかな妻恋ふるかせぎがづしの窓の月みて

という歌の中にある「かせぎが辻子《づし》」（この「かせぎ」は鹿のことをさしています）は実際には「かせずし」といわれ、この辻子も中世の史料に出てきます。「かせ」にはいろいろな字が当てはめられますが、これは女陰に似た貝のことで、女陰そのものをさしているといわれています。それと対照させられる辻子が「地獄」と呼ばれる辻子なのです。この呼称自体、遊女の地位が社会的にある程度賤視されつつあることを物語っ

ているといってもよいでしょう。これはまさしく男性に統括される娼婦の集団であり、かつての遊女はこのように姿を変えてあらわれてくるのです。

遊女の売買

ところで、これまでは古くから遊女の売買が行われていたといわれており、鎌倉時代の文書で、滝川政次郎さんが「遊女の身売り」として紹介された史料がありますが、これは史料の解釈のまちがいで、いまのところ十四世紀以前には滝川さんのいわれるような意味で身を売った遊女は史料上は確認されていません。一般的にこの時代は人身売買が広く行われていますので、その中で女性が売買されたことはもちろんありますが、遊女屋に売られて遊女に身を落とすというようなことは十三世紀まではなかったのではないかと思います。むしろ遊女は本来、女系で世襲される職能集団と考えたほうがよいのではないかと思いますが、十五、六世紀になると、確実に遊女屋が現われ、しかもそれを統括するのは男性になるのです。この変化は、先ほど述べた「好色」の芸能、セックスそのものに対する社会のとらえかたの転換が背景にあったと見てまちが

「好色」の変質

いないので、「男の穢れ」をうける、つまり穢れた行為としてセックスがとらえられるようになってきたことと深い関わりがあると思います。遊女は穢れた存在になってきたのです。

後宮の変質

遊女の地位がこのように変化していく時期に、後宮の状況も大きく変わってきます。十四世紀以前の日本の後宮は、人類社会にあまり例を見ないすぐれた女流文学を生み出した世界です。これは日本列島の社会のひとつの大きな特色といってもよいので、まず女性が文字を知っていなければこのようなことはおこらない。しかし日本の場合、後宮に女性が組織されたことによって、女性も官人である以上は漢字を勉強しなければならないので、文字の世界に接触するようになり、宮廷の女性は漢字を知るようになりました。しかもそれが平仮名になり、女性の文字としてこれが広く九、十世紀に用いられる。このことも類のないことです。

しかし、単に文字を書けるだけではなく、女性が人間として、自分自身の目をしっかりと持ち、周辺の社会をとらえる力がなければ文学は生まれないと思いますが、それだけの自立性を、十四世紀以前の後宮の女性は明らかにもっていました。裏返していうと、当時の後宮の女性、女房たちはかなり多くの貴族の男性と自由に交渉を行なっており、その点、遊女ともよく似ているのです。しかし後宮でのこうした交渉の中で男性のいろいろな心の動きを自分自身の目でみる人間的な力量がなければ、『源氏物語』は決して生まれなかったと思います。

十四世紀までは、『とはずがたり』などという、最近とくに評判になっている文学作品を含め、こうした女性の手になる文学がみられるのですが、十五世紀以降、女流文学は日本の文学史から姿を消してしまいます。これは後宮のありかたが大きく変わったことと関わりがあります。後宮に対する非常にきびしい規制を、室町幕府や江戸幕府が行いますので、江戸時代になれば、幕府には大奥がありますが、極端にいうと、京都の後宮は天皇一人を相手にした「遊郭」といってもよいほどの状況になっていく。明治天皇の後宮はきわめて遊郭に似ており、局と呼ばれた源氏名《げんじな》を持つ女性たちからなりたっていたようです。

後宮がこういう閉ざされた世界になっていくのと、遊女が社会的に賤視されて、ついに遊郭に閉じこめられるようになっていくのはパラレルな問題で、これは日本の社会における女性のあり方を考える上で無視できない問題です。一般平民の中での女性の地位も、この時期にかなりの変化が起こりはじめているので、こうした問題全体のなかにおいて遊女の問題も考えてみる必要があると私は思っています。

4 賤視されはじめた職人——非人・河原者

さて、つぎに考えてみたいのは、前期の三作品の歌合にはまったく現われず、後期の二作品にその姿を見せる非人・河原者の流れをくむ人びとについてです。

非人・河原者とはどんな人びとか

どこまでがそうした人びとであるかについては、簡単にはいえないところもありますが、少なくとも「かはかはふ」「ざうりつくり」「穢多」といわれる人びとが、河原細工丸・河原人として、中世前期の文献・文

図26　ざうりつくり（七十一番）

書に出てくる人びとであり、千秋万歳法師・つるうり・鉢叩きが非人とよばれていた人びとの流れをくむことは、ほぼ確実だと思います。

これらの図像に即しては次回にもふれますので、ここでは一般的な大きな流れだけをお話ししておくにとどめたいと思います。

非人・河原者については、最近、とくに中世史の分野での研究が進んできて、いろいろな議論があります。そのために、定説はまだ確立されていない状況なので、これから述べることも私の考えで、ご批判もずいぶんいただいている考え方だということを、ご了解いただきたいと思います。

私は、こうした人びとを、いままでのべてきた職能民とまったく同じとらえかたで十分理解できると考えています。

河原者の源流

まず河原者といわれる人びとの場合、丹生谷哲一さんという、この分野で優れた研究をつぎつぎ出しておられる方が、「中世における他者認識の構造」（『歴史学研究』五九四号）という論文で指摘しておられますが、令制の主鷹司《たかのつかさ》に所属していた餌取《えとり》、犬飼に一つの源流があると考えられ

非人の源流

ます。また大蔵省・内蔵寮《くらりょう》に、狛戸《こまこ》・百済戸《くだらこ》が所属しており、また馬飼《うまかい》雑戸《ざっこ》といわれる人びとがおりますが、こういう牛や馬の皮を扱う品部・雑戸をもう一つの源流と推測することができます。

しかし、これらの人びとをそれとして差別した形跡は、律令制下では史料に即してみるかぎり、まったく見出すことはできないと私は思います。おそらくそういう差別はこの段階ではなかったので、なかには下級官人としての扱いを受ける人もいたと思われます。ところが、これらの官庁の解体過程で、この人びともまた独自な職能民集団になっていきます。そしてこれらの人びとの仕事をする所は、たとえば皮のなめしは水が必要ですから、河原が選ばれ、河原細工丸・河原者と呼ばれるようになっていったのだと考えるのがいちばん自然だと思います。

また、非人についていては、悲田院という役所と関係があります。これは孤児収容所、あるいは病者で身よりのない人を収容する施設で、律令国家が官庁組織に準ずる施設として設置したのです。もちろん仏教思想の影響がありますから、僧侶もかなり関係していますが、こういう国営の施設に収容されていた孤児・病者が、やはり官庁の解体にともなって、独自の職能集団として生きていかざるをえないことになります。それが十一世紀の後半ごろから職能集団として姿をあらわす非人の組織の、ひとつの、しかも重要な源流であったことはまちがいないと思います。

河原者は長者に統括されていることが史料で確認できますし、非人の場合には長吏が総括しており、職能民の座と同じような組織をもっていたことも証明されています。しかも重要なことは、中世前期、十一世紀後半ごろから非人の主だった人びとが、祇園社＝八坂神社をはじめ、北野社、石清水八幡などに属して、犬神人《いぬじにん》という神人の称号を与えられていることです。

犬神人

この「犬」という字は、「いぬたで」のように、似て非なるものという意味があり、神人の中で区別されていることも事実ですが、この人びとが身分的に神人の扱いを受けていたことはまずまちがいありません。つまり、やはり聖なるもの（神仏）に直属する存在ととらえられていた、といってよいと思います。もとより、身寄りがなかったり、あるいはか

職能としての清め

なり重い病気、たとえばハンセン氏病にかかっている人びとが非人の集団に入っていたことも事実ですから、一般の神人とは、やはり区別されている面があったことはみとめなければなりませんが、その一方で、社会のさまざまな動きのなかで、犬神人が自分たちはほかの神人とまったく同じであるということを主張し、それを社会の側でも認めていたのも疑いをいれない事実です。

また河原者の場合も、河原細工丸・清目丸といわれて、やはり祇園社、北野社、醍醐寺等々の寺社の寄人になっていたことはまちがいありません。河原者の場合は、牛馬の皮や履物をつくっていますが、非人のいちばん大きな職能である穢れの清めと同様、牛馬の穢れを清めるのをその職能の一つにしており、清目とよばれたのではないかと思います。このように穢れの清めという点で非人と河原者は通じているところをもっています。

犬神人はまた刑吏として罪の清めに携わっています。百姓の屋の差し押さえに神人が動員されることがありますが、犬神人に、罪を犯した人の住宅を破却して、罪の穢れの清めをさせている事例があります。天皇直属の検非違使《けびいし》に所属して、囚守という職名をもつ放免《ほうめん》といわれる集団も同じ役割をしています。これらの人びとは祭のときの行列の先頭に立って、やはり穢れの清めに当っており、中世前期にはみな神社・寺院、天皇に直属するというかたちをとっておりました。その点でも、社会的な身分の上で、ほかの職能民と明確な区別がなされていたとは考えられないと私は思っています。

卑しめられた存在へ

ところが、中世後期以降になると、これらの人びとはさまざまな点で明らかに卑しめられた存在として職人歌合の絵にもあらわれてきますし、史料にもそのような形で出てくるようになるのです。これも博打、遊女の地位の転落と全く同じ経緯として理解する必要があるのではないかと思います。これらについては別に詳しくふれたことがありますので（『日本の歴史をよみなおす』筑摩書房）、ここではこのくらいにしておきますが、博打、遊女、非人・河原者の三者は江戸時代以降、ある意味では現代まで、相互に深い関わりをもっているように思われることだけ、一言して

画期としての十四世紀

おきたいと思います。

さて、以上のべてきましたように、中世の後期になるといろいろな職人集団に対する賤視が始まるわけですが、その背景には、ほぼ十四世紀を境にして、日本の社会が全体としてかなり大きな変化をした、という事実があるのではないかと私は思っています。とくに、いま述べました非人・河原細工丸・放免などの人びと、あるいは女性の問題にも関連して非常に重要なことは、穢れに対するとらえかたが、ここで大きく変わってきたのではないかという点です。

畏怖された穢れ

穢れについてはいろいろな議論があり、確定的な結論はないと思いますが、だいたい穢れは、人間の社会と自然との関係の均衡が崩れる事態に関わりがあると考えられています。たとえば、人が新しく生まれる、あるいは人が死ぬ。これはいずれも社会と自然の均衡をくずすので、死の穢れ、産の穢れがおこる。また火事がおこっても焼亡穢《しょうもうえ》という穢れになるわけです。人間の近くにいる犬や牛馬などの産、死も穢れになります。こうした穢れがおこることは畏怖すべき事態であって、社会と自然の均衡が回復しておちつくまでのしばらくのあいだは、祓い清めを行い、忌み籠もりを続けなければならないと考えられていたと思います。

ところが、それまで人の力を超えたものと考えられてきた自然に対して、人間自身の力が強く及ぶようになる。端的にいえば文明化が進むにつれて、ほぼ十四世紀を境に穢れに対する畏怖の感覚が弱くなり、どちらかというと汚穢という感覚がしだいに強くなっていきます。そのことが穢れにかかわりのあるとみられていた職能民の立場を大きく変えることになっていったのではないかと考えてみたいのです。

穢れの変質——差別の発生

非人・河原細工丸・放免についてみると、非人は死の穢れを清める、河原細工丸も牛や馬の穢れを清める、さらに放免は罪の穢れを清める。そういう穢れの清めに携わっていた人たちが、穢れに直接触れるがゆえに穢れの多い存在と考えられるようになり、当時の社会の穢れに対する対応の変化にともなって、これまでの神仏に直属する立場、聖別された立場から、賤視の方向での差別をうけるようになっていったと考えることができると思います。それが、のちの被差別部落に対する差別の発生

被差別者と鎌倉仏教

の背景にあるのではないかと思います。

遊女の場合も、こうした穢れとの関連で賤しめられていきます。女性全体についてみても、その社会的地位が低下していきますが、遊女の地位の低下は、穢れの問題を考慮に入れないと理解できないと思います。

このように賤しめられつつある遊女・非人などの人びとの救済という課題をもってあらわれてきたのが、禅宗、律宗、浄土真宗、法華宗などの鎌倉仏教であったといえます。これらの宗教は、それぞれのやり方はちがっても、いずれも女性と非人の救済をその大きな課題にしています。『三十二番歌合』の判詞が禅宗や念仏宗の影響を強く受けているとか、あるいは『三十二番歌合』の判者が勧進聖であるという問題は、このこととと切り離しがたい関係にあると思います。

勧進聖は、神仏のために寄付金を集めて、それを資本にしていろいろな工事、寺社の修造などをやるのですから、職人と深い関係を持っているのですが、こういう勧進上人《かんじんしょうにん》には禅宗、律宗、時宗、浄土宗の僧侶がなっています。室町時代に入ってからの『三十二番歌合』『七十一番歌合」のなかに、鎌倉仏教のさまざまな影響をわれわれが読み取ることができるのは、このような問題と不可分の関係にあると思います。実際、前にもふれましたが、これらの諸宗はみな都市民を布教の重要な対象としており、これまで、「百姓」を農民と考えていたため、専ら農民の宗教と考えられていた一向宗も、じつは商人・職人に支えられていたと考えられるのです。このような点を含めて職人、商人と宗教の問題については、これから追究しなければならない未解決な問題はまだまだ多いのですが、江戸時代まで含めて職人がどういう信仰を持っていたのかは、今後の重要な課題になるのではないかと思っています。

第三講

1　烏帽子姿——職人の地位の象徴

前に、再三にわたって、中世前期の三つの職人歌合と、中世後期、十五世紀の二種の作品とのあいだに非常にちがいがあるといってきましたが、実際に歌合の職人図像の描き方のうえでも、両者の間にはかなりはっきりしたちがいがあります。

まず、非常に目を引くのは烏帽子《えぼし》をかぶっているかどうかという問題です。

『東北院歌合』五番本の場合

『東北院歌合』の五番本の十一人の職人のなかで、僧侶の姿をしている判者の経師と、女性である巫女とをのぞくと、残りの九人はみな烏帽子をかぶっています。刀磨《かたなとぎ》・鋳物師・浦人・鍛冶・番匠・賈人《こにん》など、みな烏帽子をかぶっている。浦人の烏帽子はなえ烏帽子のようですが、烏帽子であることはまちがいありません。とくにまっ裸になった博打でも

鋳物師

刀　磨

賈　人

浦　人

図27　烏帽子姿の職人たち（東北院五番本）

烏帽子の意味

烏帽子だけはつけているのが面白いところです。また刀磨と鋳物師・鍛冶・番匠の図像は威儀を正した、官人・侍クラスの人に近い姿に描かれていることも注意しておいてよいと思います。

この当時、烏帽子は非常に重要な意味をもっていました。名古屋大学の小田雄三さんの「烏帽子小考」(『近世風俗図譜』「職人」小学館)という非常に明快な論文によりますと、当時の男性は髻《もとどり》を結んでいます。そのうえに烏帽子をひっかけるようなかたちでかぶります。十世紀以後になりますと、これは成年男子であることを示す被物《かぶりもの》になっており、烏帽子をつけないで人と会うことは、大変失礼なことだったようです。逆に、髻を切ると烏帽子がかぶれなくなります。立烏帽子《たてえぼし》であればざんばら髪でもかぶれないことはありませんが、折烏帽子《おりえぼし》は髻を切ってしまうとかぶれなくなる。ですから髻を切って烏帽子を叩き落とすことは、その人に対する最大の侮辱になると、当時は考えられていました。髻切りという刑罰や罪があるのもそういう慣習が前提になっているわけです。つまり他人に対してこの行為をすることは侮辱になりますし、逆に、罪を犯した人の髻を切ってしまうのは処罰になります。烏帽子をかぶれなくしてしまうことによって、常人でなくするからです。

ですから、寝ているときも烏帽子をつけている。女性といっしょに寝ているときも烏帽子をつけている姿が、絵巻物に描かれていることもあります。突然人の訪問を受けたときも、もちろん烏帽子だけはつけて出て行かなければならなかった。すでに触れましたが、『東北院歌合』の博打も衣類はすべて賭に負けて全部とられてしまい、ふぐりまで見えますが、にもかかわらず、烏帽子だけは手放していないのです。当時の烏帽子の意味は、ここに象徴されていると見てよいと思います。

烏帽子をつけなかった人びと

もちろん烏帽子をつけなかった人もいます。僧侶、女性、子ども、あるいは童姿《わらわすがた》をしている人です。この童姿をしている人には大きな問題があります。当時の社会では、成人に達しても烏帽子をつけない人がいました。蓬髪、ざんばら髪をしている人や、ポニーテールのように髪を長くして、髪の根元を結んでいる髪型をした人が、絵巻物を見ていると少なからず出てきます。こういう髪型は童姿・童形《どうぎょう》といわれています。

たとえば、牛車の牛を統御する牛飼は、史料にも牛飼童《うしかいわらわ》と出てきますので、ほんとうに子どもだと考えちがいをされた方もおられたようですが、絵巻物を見ると、ヒゲを生やしている牛飼もいますので、牛飼は成年になっても烏帽子はつけない童姿、ポニーテールの髪型のままでいると考えてよいと思います。

また、『一遍聖人絵伝』(一遍聖絵)の中にはヒゲを生やして高足駄をはき、団扇《うちわ》などを持って闊歩している人がいます。これも束髪あるいは総髪で、こういう人びとが京童《きようわらわ》などといわれる人びとではないかと考えられます。黒田日出男さんはこうした姿の人びとの中に「ぼろぼろ」という修行者がいると指摘しておられます。こういう人びとは非人そのものではありませんが、非人と非常に深いかかわりをもっていたことが、絵巻物を見るとよくわかります。

河原者・河原細工丸は絵巻のなかではあまりたくさん出てきませんが、永仁四年(一二九六)に成立した『天狗草紙』に出てくる「穢多」は、こういう言葉がこの文字で出てくる最初の文献なのですが、河原細工丸

図28　ぼろぼろ（七十一番）

童形は賤視の印か

とみられるこの人は「穢多童子」といわれており、やはり烏帽子をかぶっていない蓬髪です。これは明らかに河原者に対する賤視のはじまっていることを示しており、『天狗草紙』の作者にそうした見方のあったことは事実だと思います。こうした点から、成人になっても童形・童姿をしている人は、最初から賤視されていたとする見方が、現在でもかなり有力な考えかたです。たしかに一般成人と、こういう童形の人は区別されていたことは間違いありません。しかし絵巻物や文献によってみると、牛飼童が賤視されていたという証拠はありませんし、さきほどの『一遍聖絵』に現われる童姿の「異形」の人物も威張って歩いている場合もあり、富裕な「有徳人」と考えてもよい場合もあると思いますので（「中世の「非人」をめぐる二、三の問題」、『立命館文学』五〇九）、そう簡単にいえないのではないかと私は思っています。馬借《ばしゃく》も童形だったようですが、十四世紀以前において厩寄人《うまやよりうど》といわれた馬借は、賤しめられていたとは、やはりいえないと思います。また、『天狗草紙』の「穢多童子」は、天狗をとらえて殺しており、天狗にとって「おそろしきもの」の中に「穢多のきもきり」が数え上げられているのです。天狗の肝を切ってしまうことなのではないかと思いますが、ここにこの時期の「穢多童子」が、人の力を超える威力を持つと見られていたことがよく現われています。

このように、十四世紀以前の童形・童姿の人は、のちのことわざに「七歳までは神のうち」などといわれて、子どもは七歳になるまでは、人の力を超えた神の世界の存在なのだといわれたように、むしろ人の力を超えた、神仏の世界につながる人と考えられていたと見たほうがよいのではないかと思うのです。ですから、童形をただちに賤視に結びつけることはできないと私は考えています。

ただ、十四世紀以前の職人歌合のなかにはこういうタイプの人は出てきません。

これと同じように、世俗の世界をすてた僧侶の場合も、当然烏帽子をつけないのですが、女性についても同じようなことが考えられると思いますので、あとで絵に即してまたふれてみたいと思います。

『東北院歌合』十二番本の場合

つぎに『東北院歌合』の十二番本について絵を見ますと、五番本と同

『鶴岡放生会歌合』の場合

じ巫女・経師、鍛冶の手伝いをしている助手が見当ります。僧形の仏師、数珠引《ずずひき》、盲目ともいわれる琵琶法師、桂女・大原人（大原女）・紺掻《こうかき》などの女性を除くと、十六種の職人がやはり烏帽子をきちんとかぶっています。

『鶴岡放生会歌合』の場合は、楽人・舞人・田楽のように芸能の装束をつけた人、また、遊君や白拍子などの女性、それに、星を占う宿曜師、それから持経者、念仏者が僧形です。また男性の女装をした巫である持者《じしゃ》、相撲、それに「漁父」と書かれている漁人は烏帽子をつけていません。ですから、この歌合になると、烏帽子をつけていない女性、僧侶のような人びとの数が多少ふえていますが、算道・絵師・綾織・銅細工・蒔絵師・畳差・御簾編《みすあみ》・鏡磨《かがみとぎ》・筆生《ひっせい》・博労・猿楽・相人・樵夫・神主の十四種類の職種の職人はみな烏帽子をつけています。

このように、十四世紀までの「職人歌合」の職人図像は、『鶴岡放生会歌合』がやや変形しはじめているとはいえ、だいたい烏帽子をつけた男性が基軸になっていると見てよいと思います。

官人に準じられた職人

ここに当時の職人の社会的な地位をうかがうことができるので、官人・侍に準ぜられるほどの地位を職人がもっていたという、さきほどのべてきた実態が、ここにはっきり反映しているといってよかろうと思います。ただ、そのなかに、女性と僧形の人が何人かみられる。その比率は五番本、十二番本から『鶴岡放生会歌合』へと、だんだん高くなっているといえますが、数の問題は別として、女性と僧侶の姿が職人図像にみられることには、やはり注目しておく必要があると思います。

2　職能民としての女性——聖なる性

女性のなかで、巫女や遊女・遊君・白拍子については前に詳しくお話ししましたが、十二番本には、桂女と大原人といわれる女性が出てきます。

桂女は桂供御人《かつらくごにん》といわれて、桂川のあたりを根拠にしている天皇直属

桂女と大原人（東北院十二番本）

紺掻（七十一番）

図29　女性の職人たち

の鵜飼の女性です。この時期には、鮎を売る商人だったと考えられます。十五世紀以降になると、遊女と同様、桂女のありかたも大きく変わって、むしろ遊女に近い存在になりますが、十四世紀以前は、鮎うりの女商人だったことは間違いありません。

大原人は、もちろん後の大原女の源流ですが、この人びとは京都の北の大原にいる炭焼の女性で、炭や薪を売っていた女性の商人です。紺搔は藍染の工人ですが、『七十一番歌合』では女性の工人として描かれています。この場合もどこかの官庁に属していた職能民だったとみてよいと思います。

活躍した女性職人

このように職人歌合にも、女性の職人が何人かあらわれてくるのですが、文献を調べてみても、女性の商工民はかなりたくさん出てきます。たとえば、十二世紀に供御人となって生魚や貝を売っている女性の商人、あるいは精進物といわれる野菜などを扱う供御人になっている女性を、文書によってはっきり確認できます。女性がこのように職能民として活動しているのは、むしろ十四世紀以前の段階のほうが多かったのではないかと思います。

しかも、商人・工人だけではなくて、鎌倉時代、借上《かしあげ》とよばれた高利貸・金融業者のなかに女性が多く見られるのです。こうした女性の金融業者は、少なくとも男性に拮抗するぐらいの数はいたと思われ、あるいは男性を上まわっていたかもしれないぐらい活躍しているのです。

金融業は女性の職業？

最も有名なのは、『病草紙《やまいのそうし》』という絵巻のなかに、七条あたりに住む女性の借上が描かれています。あまりお金持になりすぎ、食物を食べ過ぎて、すっかり太ってしまった女性が何人かの女性に支えられてようやく歩いているという図像です。それだけでなく、文書の中にも女性の借上、土倉《どそう》は少なからず見られるのです。

これは、古くからのことだったようで、八世紀の状況を伝える『日本《にほん》霊異記《りょういき》』のなかにも、出挙《すいこ》をして不当な暴利を貪る女性、あるいは仏のものを人に貸して非常に豊かになった女性が出てきます。

フロイスの見た日本女性

少し時代は降りますが、十六世紀に日本にやってきた有名な宣教師ルイス・フロイスは、三十年以上日本にいた人で、日本の風俗とヨーロッ

図30　七条あたりに住む女性の借上（福岡市立美術館蔵『病草紙』より）

パの風俗とをくらべて、非常に不思議だと思ったことについて、いろいろな分野にわたってメモを書いています。『ヨーロッパ文化と日本文化』(岩波文庫)や『フロイスの日本覚書』(中公新書)に収められていますが、それを見ると、フロイスは日本の女性のあり方について非常に驚いていたようです。この本の中には、日本の女性は全く純潔を重んじない、親や夫に断らないで何日も勝手に旅ができるとか、若い女性が赤ちゃんを育てられないとなると、足をのどにのせて殺してしまうとか、びっくりするような話が出てきます。

私はこれらはみな事実だったのではないかと思っていますが(前掲『日本の歴史をよみなおす』)、フロイスはまた、女性が文字を書けるということを指摘しており、さらに妻は夫とは別に財産をもっている、つまり財産権があるといっています。そのうえで、彼は、ときによると妻は夫に金を貸して高利をとることがあるとも書いているのです。

最初はこんなことが本当にあるのかと私は思ったのですが、やはりこれもほんとうではないかと思っております。フロイスは実際にそういう

女性の地位と日本社会の特質

事実を見聞したのだと思うのです。実際、室町時代、日野富子《ひのとみこ》のように大名に金を貸して大もうけした将軍の夫人もいるのですから、その社会的な背景として、一般的にこうしたことがありえたのだと思います。金融業者に女性がなるのは、日本の社会では古くから、広く見られたことなのです。

しかし、日本の文献を見なれていますと、こうした状況がふつうに出てきますので、これはどこでもあたりまえのことのように思ってしまいますが、最初にご紹介した『西洋職人づくし』とくらべてみると、女性が社会的な立場をそれとして保障されて、職能民として社会に広く活動していたという日本の様子とはずいぶんちがうあり方が、そこにうかがわれます。逆にいうとこの点にも、日本の社会の特質が表われているといえるわけです。

『西洋職人づくし』を見てみますと、このなかにも女性が少しは登場しますが、百十四種類の職人身分の人の中で、歌手・オルガン弾きとか、鈴や針をつくる職人の手伝いなどに女性が見えるだけです。女性の姿は

鈴つくり

針つくり

オルガンひき

歌　手

図31　『西洋職人づくし』にみえる女性職人（岩崎美術社刊）

『西洋職人づくし』にはほとんど出て来ないと言っていいくらいです。それとくらべてみると、日本の社会では、女性が職能民として広く活動をしており、しかも自ら供御人、神人の称号を与えられ、社会的な立場を保障されて活動している。ただ、市場に出てものを売る人の中に女性が多いのは、ほかの民族でも見られると思います。ペルーに行きましたとき、市場には女性の商人が出ておりました。ほかの民族でも市場での物売りには女性が多いと思いますが、ただ、日本中世の場合、女性自身が男性と同じ称号を持ち、特権をはっきり保障されており、こうしたあり方は恐らくあまり他の民族には見られないのではないかと思います。これは今後さらに、広い視野から考えなくてはならない問題ですが、これはやはり、さきほどからふれている日本の社会の特質と深いかかわりがあると考えてよいと思います。

多様な女性官人

まえに、どこかの官庁が遊女を統括していたのではないかということを述べましたが、ほかの女商人の場合も同じようなことがあります。

たとえば、女孺《にょうじゅ》という下級の女官、さらに女官のなかでもかなり高い

表の世界と裏の世界

地位にある内侍《ないし》など、宮廷の女房の世界にいる人たちが、供御人の称号を持つ女商人の統括者になっている事例がいくつかあります。

伊勢や志摩にいる蔵人所《くろうどどころ》供御人、これはたぶん漁撈、製塩、廻船に関係する海民的な供御人だと思いますが、この人びとを勾当内侍《こうとうのないし》が統括している。あるいは精進供御人という精進物を扱っている女性の商人に対しては、猪熊《いのくま》という女孺がその統括者である惣官になっており、このような女性職能民と後宮官司との関係は、ほかの場合にもみられます。そして遊女の場合と同じように、かつて何らかのかたちで官庁に組織されていた女性が、官庁の解体、請負制の進展のなかで官司との関係を保ちながら、独自な職能民集団になっていったという同じ筋道を、ここにも考えることができると思います。

しかし、単にそれだけではなく、いろいろな問題が考えられます。律令制は、家父長制原理が貫徹した中国大陸の社会で形成された、体系的な法律、制度なのですが、その建前を日本の社会がいちおう受け入れたため、表の政治、公的な世界に関連する官庁の役人は、全部男性で、女性は裏の世界、私的な後宮に属することになります。一般の平民の場合も、公的な課役を負担するのは男性、つまり成年男子が課役を負担するという原則が、ここでしっかり確立します。しかし実態に即してみると、十三世紀のころまでの社会では、女性の社会的地位がかなり高かったのです。さきほどものべたように、女性が財産権をもっているので、平民百姓の上層から侍クラスの女性は土地財産を保持しており、自らの名において譲与、売買を行なっています。ところが、検地帳や検注帳のような公的な土地台帳には、女性が姿をあらわすことはほとんどなく、あってもきわめて例外的でしかありません。

つまり律令を受け入れたことによって、公的な世界、公的な帳簿に名前をあらわすのは男性という原則が、江戸時代まで、さらには近代まで一貫して続いてきたと考えることができます。

しかし、社会の実態の中では女性の権利はかなり強かったし、社会的な活動も活発でした。ですから、『日本霊異記』を見ると、すでに八世紀あたりから女性はむしろ公的な世界とは別の舞台、律令制の公的な枠

聖なる性

から外れたところで活動しています。『日本霊異記』には女性の商人や金融業者が出てきますが、これは公的な課役を負担して、公の世界に関係している男の世界から外れたところで、女性が比較的自由に活動できたということを表わしているのではないかと考えられます。

また、いろいろ議論のあるところだと思いますが、十世紀以後、律令制が崩れてからあとの状況を見ますと、女性は男性にくらべて人の力の及ばない世界、神仏の世界との関連がより強いようにみえます。つまり女性は、その性そのものが、人の力を超えた聖なる世界に近いと考えられていたのではないかと読み取れる、いろいろな事象が出てきます。

たとえば、この時代の貴族や侍の家屋のなかの最も重要な聖なる場所は、塗籠《ぬりごめ》といわれ、蔵の意味をもつとともに、夫婦の寝室にもなるところでした。東京大学史料編纂所の保立道久さんは、この塗籠の管理者は女性であったと指摘しています。つまり倉庫の管理者は女性であったことになります。それは女性が世俗の世界と離れた特質をもっている、私流にいうと「無縁性」を持っていたからではないかと考えられます。

僧形職人の意味

先ほど述べたように、女性が金融業を営み、商工業者にもなっているのは、前にお話ししたような当時の金融や交易の特質と深い関わりがあり、さらにその背景として、女性の性そのものの特質があったと考えると理解しやすいのではないかと考えます。しかし逆に、そうした、女性の「聖なる」世界との結びつきが、十四世紀以後、さきほど述べた遊女などに見られるように、逆転して、女性全体の地位を低下させていくことになると思いますが、ともあれ、すでに、十四世紀以前の職人歌合のなかにも、それほど多いわけではありませんが、比率としてはけっして少なくない数の女性の職人があらわれていることは、日本の社会の特質に関連する大事な問題として注意しておく必要があるのではないかと思います。

もう一つ、これは、私にもまだよくわかっていませんが、職人歌合の中に、僧形の職人がかなりの数あらわれていることにも、大事な意味があるように思われるのです。まだ系統的にたどってはおりませんが、経師・仏師・数珠引《ずずひき》（念珠挽）のような仏教に関わる工人が僧形であるこ

経　師

仏　師

琵琶法師

念珠挽

図32　僧形の職人（七十一番）

とは確実だと思います。十五世紀以後、こうした僧形の職人は非常にふえてきますが、こういう僧形の工人の他にも、琵琶法師のような僧形の芸能民、さらに『鶴岡放生会歌合』のなかの念仏を唱える念仏者、法華経を読む持経者も、職人・芸能民として姿を見せるようになります。こういう僧形の人が神仏に仕える人であるのはいうまでもありませんが、このような宗教的な活動を芸能ととらえ、逆に商業や手工業に僧侶が携わるというところに、日本の社会における芸能や宗教と職人の問題を考えるうえでの大事な問題があるのではないかと思います。

念仏者や持経者が職人のなかに出てくるのは、念仏を唱えることが非常に見事で、人の心を打つ念仏の唱え方をするからでしょう。いまでも真宗の坊さんは、非常にリズムのある念仏をお読みになる方が多いようですが、こういう念仏を聞いていると、心がうっとりして仏の世界に誘われるような気になる。そのように声がよくて見事な念仏を唱えるのは、一つの芸能といってよいと思います。持経者の場合も同じで、法華経を読むことが、それ自体、一種の芸能ととらえられたのではないかと思い

図33　持経者（右）と念仏者（左）（鶴岡放生会）

ます。

実際、声明《しょうみょう》のような仏教音楽がありますし、一般的に芸能は、祭で神を呼び出す、あるいは神を迎えるという意味をもって演ぜられるのですが、念仏を唱えたり、法華経を読んだりすることも、それによって仏の世界とのつながりに道を開くための芸能、神に対する芸能と同じように考えられていたのではないかと見ることができると思います。一遍、時宗の念仏踊りも同様ですが、これは、それ自体が観客に見せる芸能だったともいえるのです。

このように、日本の社会における芸能の中には、仏教関係の芸能が非常に大きな意味を持っていますが、いまの問題はこれと不可分の関係にあると考えてよいと思います。またこの問題は、最初に述べた職人と宗教の問題を考える場合のかなり大事な論点の一つになるのではないかとも思います。

3　変化する図像——賤視の徴表

さて、後期の職人の図像に移りたいと思います。烏帽子をかぶらない人のなかに僧侶・女性が姿をあらわしているという、前期の三作品にみられる烏帽子をつける男性の職人が基本になり、職人の図像が、後期にどう変わってくるかという問題です。

まず図像そのもののあり方ですが、前期の歌合のなかでは、『東北院歌合』の五番本を見ていただくと非常によくわかりますが、職人の図像が、だいたい三角形の座像が基本になっていて、動きがほとんど出てこないという特徴があります。ただ、十二番本になると、職人が作業をする姿が描かれるようになり、また『鶴岡放生会歌合』でも同じように職人の作業姿、芸能民の芸能をする姿が描かれていますが、しかし、十二番本の場合でもやはり座像が中心で、職人の図像は全体としてあまり動きがありません。十二番本の琵琶法師は小法師《こぼうし》を連れ、遍歴している姿になっており、こういう場合も多少はあらわれてはきますが、全体的に図像を見るかぎり、三角形のなかに収まる座像として描かれているといえます。これは職人歌合の一つの背景である歌仙絵や似絵《にせえ》など、当時の肖像画の影響を強く受けた結果だと指摘されていますが、まさにそのとおりだろうと思います。

静止から遍歴姿へ

ところが、後期の『三十二番歌合』になると、これが大きく変わってきます。

この職人図像はほとんど大部分の人びとが、遍歴姿で描かれています。猿牽《さるひき》・鉦敲《かねたたき》・胸叩《むねたたき》・鳥売・地《じ》黄煎売《おうせんうり》など、そういう人の姿がいくつも出てきますが、それらはみな朸《おうご》という天秤棒のような棒に商品をつけて、振り売りをする姿として描かれるようになってきます。

仕事場の様子

『七十一番歌合』になると、さらに描き方が細かくなり、仕事場で作業をする姿もでてきます。弓作は仕事場で作業していますし、土器作は朸に籠をつけて売り歩く姿で描かれ、あるいは座って商品を売っている「しろいものうり」や「いをうり」のような姿も多くみられます。こうした職人の特徴は、

地黄煎売（右）と鳥売（左）（三十二番）

弓作（右）と土器作（左）（七十一番）

図34　後期歌合の職人たち

絵に付された「画中詞《がちゅうし》」といわれる職人の言葉によってもよくわかります。画中詞は『七十一番歌合』のおもしろい特徴ですが、これを通して、職種に即した職人のあり方をかなり具体的に知ることができるようになってきます。

分化する職人

職人がこういう描き方をされるようになってきた背景として、まず十五世紀以降、職人のなかに「屋」――魚屋、酒屋の「屋」ですが――、店棚としてものを売る場所でもあり、職種によってはそこが作業場にもなるような「屋」をもつ職人と、「屋」を持たないで市から市へ遍歴して、市座で商品を売ったり、大道で商売をするような職人との分化が進んできた点をあげることができます。

中世前期にはまだ「屋」をもつ職人はほとんどいません。十二世紀末に生魚売の売買屋が京の六角町にあり、十三世紀の半ばごろに酒屋が現われる程度で、このころの職人は注文主の仕事場で働くか、遍歴して商品を売り歩いているのが常態ですが、十五世紀になると、「屋」をもつ職人がかなりその数をましてきます。

消えてゆく烏帽子姿

それに対して、あちこちの市場をまわりながら商品を売り、門付《かどつけ》をするなど、遍歴を日常としている人の中には狭義の芸能民も多いのですが、こうした芸能民としての職人もふくめて、その実態が職人歌合の図像にかなりはっきり反映していると考えてよいと思います。また、こうした職人の分化は服装や被物《かぶりもの》にもいろいろな形であらわれてきます。『七十一番歌合』を詳しく見ますと、そうした点についても、細かく職人の姿を描き分けていることがわかります。

『七十一番歌合』には百四十二種類の職人の図像が描かれています。いろいろな異本もあるので若干のちがいはありますが、だいたい同じような描かれかたをしていますので、ほぼこれをこの当時の職人の基本的な図像と考えてよいと思います。

『三十二番歌合』には、遍歴する人びとが非常にたくさん描かれていますが、烏帽子についてみると、これをつけていない人が完全に多数派になります。絵解《えとき》や千秋万歳法師《せんずまんざいほうし》に従っている鼓打は烏帽子をつけております。また大鋸という大きなノコギリがこの時代に中国から入ってき

図35　千秋万歳法師（右）と絵解（左）（三十二番）

て、製材が大変に能率化しますが、それを挽いている大鋸引《おがひき》、石工、これは道端につくられた小屋だと思いますが、算をおいて占いをやっている算置《さんおき》、これらの人びとをのぞいて、ほかの二十九種類の職人は烏帽子をつけていません。

この中には女性が四人います。被物をした桂女（桂姫）、鬘捻《かつらひねり》、桶をいただいて菜を売っている菜売、張殿《はりどの》という布を張る張物の作業をしているのが女性です。また、僧形の人が五人ほどおり、まず千秋万歳法師、独特なスタイルの笈を負っている高野聖《こうやひじり》、このほか、鉦敲《かねたたき》・勧進聖《かんじんひじり》・表褙《ひょうほうえ》師が僧形で現われてきます。このほかに巡礼のように笠を持つ人、獅子舞・胸たたき・糖粽《あめちまき》売・地黄煎《じおうせん》売・しきみ売など笠をかぶって遍歴している人も若干います。

このように『東北院歌合』の五番本・十二番本などとくらべると、烏帽子をかぶる人の数の比率がぜん減ってきます。『鶴岡放生会歌合』とくらべてもやはりその比率は減っていると考えてよいと思います。どうしてこのような現象が起こってくるのかについて、いろいろの説明のしかたがあると思いますが、十五世紀以降になると、全体として一般平民の成年男子も日常生活では烏帽子をかぶらなくなってくるということがまずあげられます。烏帽子をかぶるのは、非日常的な祭や儀式のときだけになりますので、『三十二番歌合』に烏帽子をつける人が少なくなってきたのは、そういう一般的な風俗の変化のひとつのあらわれと見ることも可能だと思います。

しかし、それだけではなさそうです。『三十二番歌合』の序に職人の言葉として「賤しき身品」といわせていることと、こういう服装の変化や、遍歴する姿が広く描かれていることなどが、無関係であるとは簡単にはいえないように思えるのです。

そもそも、職人が自らの職能に即した仕事をしている場面は、職人の日常生活ではなく、職人の晴姿ともいうべき公式の姿ですから、そうした場ですら烏帽子をつける人がほとんど出てこなくなったことについては、もう少し深く探って見る必要があると思います。

そこで、少し遠回りをするようですが、非常にさまざまな職人の図像

男七六％、女二四％

が描かれている『七十一番歌合』の図像をいろいろの角度から分類してみることにしたいと思います。

まず男女の比率については、男女判別のつきにくい場合もありますが、一応、男性の職人が百八種、女性が三十四種ということになります。女性が二四パーセント、約四分の一を占めていることは注目すべきことです。この点から、中世前期以来の女性の職能民の高い比率が、依然としてこの時期まで続いていると見ることができると思います。そのありかたについてはかなりの変化が現われていると思いますので、それはあとでふれますが、日本の社会の特質を考えるうえで、十五世紀になっても女性の職能民がこれだけの比重を占めていることは、注目すべき事実であると思います。

また男性のなかで、烏帽子をつけている男性は四十六人で、全体の約三分の一、男性の約半分弱を占めていることになります。このうち、三十三人が作業をしている姿、あとは振り売りの姿ですが、この作業姿の職人は、他の歌合をみても烏帽子をつけている人が多いのです。これは

裸姿の職人

前にも触れましたように、作業そのものが職人にとっての晴の舞台だからだと思います。ただ、この段階に目立ってくるのは、上半身が裸か、あるいは片肌をぬいで仕事をしている人が多いということです。これは中世前期には特異な状況におかれた博打をのぞいては見られなかったことです。

日本人が裸になることについては、明治になってヨーロッパ人が来たときに、たいへん驚いたことの一つで、明治政府は裸姿をやめさせようとして、これを取りしまり、一生懸命、洋服や着物を着せようとしたけれども、なかなかあらたまらなかったということはよく知られています。これについても結論は簡単に出せませんけれども、裸、あるいは片肌脱ぎの職人が目立ってくることは、注目すべきことの一つだと思います。

しかし、そういう人でも、みずからの職能とする仕事に携わっているときには、男性は基本的には烏帽子をつけています。これだけの数の男性の職能民のなかで、約半数が烏帽子をつけていることは、正式にその職能によって作業に携わるときには、烏帽子をつけるのが本来の姿だと

図36　蒔絵師（右）と貝磨（左）（七十一番）

烏帽子をつけない職人たち

考えられていたからだといってよいと思います。全体として烏帽子は、非日常的な被物になりつつあることはたしかですが、十五世紀でも、この原則は変わっていないということができるでしょう。

これに対してそうしたときでも烏帽子を被らない俗人の男性が出てきます。その最も典型的な例は、「穢多」の場合ですが、鉢扣《はちたたき》・むまかはふ・かはかはふなども同様です。鉢扣は時宗の流れをくむ芸能民ですが、むまかはふ・かはかはふについては、「むまかはふ」「かはかはふ」という呼び声をあげながら夜中に歩いている職人で、むまかはふは馬喰《ばくろう》、かはかはふはおそらく牛馬の皮を買う人だろうと推測されています。こういう人たちが穢多と同じ頭のスタイルをしているのです。また山人・浦人が同じような髪型をしているのは大きな問題ですが、草かり・翠簾《みす》あみ・鞠括《まりくくり》・針磨・瓦焼・笠縫・暮露《ぼろ》・皮籠造《かわごつくり》・苧売《おうり》・相撲取などが烏帽子をかぶらない俗人の職人であります。

烏帽子の有無と賤視

これらの人びとを通観してみると、もちろんすべてそういうとはいい切れませんが、烏帽子をかぶらない人びとのなかに、この時点で賤視されはじめている、あるいはすでに賤視が当然と見られている人びとのいることは明らかです。文献からみて、賤視されていると確認できるのは、かはかはふ・穢多・鉢扣で、むまかはふと暮露についても恐らく同様だと思われます。暮露は「ぼろぼろ」などといわれる遍歴の修行者ですが、前にもふれたように非人と関わりがあり、十五世紀にはこれと同列視されていたことを知りえます。むまかはふについては十分わかりませんが、やはりこのころには馬借に対する賤視があったと見られますので、博労についても同様であった可能性が大きいと思います。

こう考えてくると、『七十一番歌合』の作者が職人の図像を描くときに、烏帽子を描くか描かないかということに、かなり重要な意味を持たせていたことは否定できないと考えます。そしてそのこと自体に差別の進行を読み取ることもまた可能なのではないでしょうか。

ただ、山人・浦人、つまり山民・海民がなぜこういう姿で描かれているのか。とくに浦人については、『東北院歌合』五番本・十二番本でも同様で、すでに十二番本の海人は烏帽子をかぶっていないのです。このように海にかかわる人については、職人歌合は烏帽子をかぶらせないで登場させることが多いのです。しかし、文書・記録などの文献史料によってその実態を見る限り、一般的にいって、海を主たる生業の舞台としている人びとが、それ自身として社会から賤しめられていたという徴証はまずないと、断言してよいと思います。海民の中には特権をもった供御人・神人となった廻船人や漁撈民もいますし、一般平民を意味する百姓と表現されている海の民もたくさんいます。ですから社会的な身分に即してみる限り、海民が賤視されたという兆候は文献上では確認できません。ところが、図像の上で海人・山人が、烏帽子をかぶらない多少とも賤視された人びとと同じようなとらえかたがされているということについては、職人歌合の作者、その成立のしかたに関連して考えるべき問題があると思います。簡単に結論は出しがたいと思いますが、塩を焼く浦人、あるいは魚をとる漁師、山で働く樵夫などに対する貴族社会の伝統的なとらえかたが、このなかには反映しているのではないか。海人・浦人はしばしば海賊に、樵夫などの山人は山賊になり、『梁塵秘抄』で

ふえる僧形の職人たち

も「おそろしや」といわれていますが、これも、こういう見方と関係しているのではないかと思います。

そういう問題もありますが、全体として烏帽子をかぶらせないで描かれた人が、烏帽子をかぶっている人にくらべてやや賤しめられている存在と考えることはできるようです。

その他、ふつうの折烏帽子とはちがう、なえ烏帽子あるいは頭巾をかぶっている人として木こり・すり師や金《かね》ほりと汞《みずかね》ほりが見られます。また笠をかぶっている人として、炭焼・ひともじうり・筏士《いかだし》・枕売などの職人がおりますが、この人びとも遍歴性の強い人びとで、このように笠をつけて遍歴して売り歩いているという点から見て、作業場で作業をしている職人にくらべると、社会的な地位の点では、ひとつ下に見られていたと考えることができると思われます。

僧形の職人も『七十一番歌合』になるとずいぶん数が多くなっており、中世前期からみられた仏師・経師・数珠引《ずずひき》のような仏具をつくる人だけでなく、広い範囲にわたってあらわれます。

汞ほり

金ほり

ひともじうり

炭　焼

図37　なえ烏帽子（上段）と笠姿（下段）（七十一番）

それにはそれなりの理由があると思うのですが、なぜ僧侶がこのように手工業に携わるのかという問題は、まだ十分に明らかにされていないと思います。試みに列挙してみると、仏具関係の仏師・経師・念珠挽（数珠引）について、仏に押す金箔をつくる薄打《はくうち》、あるいは玉磨《たますり》に僧形の職人が見られます。これはまだわかるのですが、鎧細工・鞍細工・箙《えびら》細工などの武具をつくる職人に意外に僧形の人が多い。また唐紙師・轆《ろく》轤《ろ》師《し》・つづらつくり・筆ゆひ・硯士・さいすり・調菜《ちょうさい》などが僧形で描かれています。枕売も笠をかぶっていますが、僧形のようです。

ですから琵琶法師や一服一銭――これも問題になる職能ですが――のように多少とも遍歴性をもった僧形の人とは別に、まちがいなく、ふつうの手工業者である人びとのなかにも僧形の人がたくさんいたことが、『七十一番歌合』によって非常にはっきりわかります。これは中世後期になって特別にふえてきたのではなくて、この職能のなかには中世前期までさかのぼって、僧形であった人のいた可能性も十分あると思います。これはさらに広く日本の中世社会全体の問題にも関連してきます。中世の荘園・公領の検注帳を見ますと、そこに名前をあげられている百姓の中に、阿弥号を持つ人をはじめ、法名を名のっている人が、かなり多いのです。百姓は農民とはかぎりません。事実、こういう法名の百姓、つまり僧形の百姓の中に、僧位・僧官をもつ専門の僧侶もいますし、借上などの非農業的な生業に携わる人のいた事例も少なからずあるので、このことと、いま述べてきた多くの僧形の職人の存在とは、どこかで確実につながっていると考えられます。

しかし、これは大きな問題で、今後の研究を俟《ま》つほかありませんが、その他、『七十一番歌合』には禅・律・念仏・法華（法花）の僧侶、華厳宗と倶舎宗の僧侶、それに連歌師、山法師と奈良法師が職人のなかに描かれています。とくに禅・律・念仏・法華、それに華厳宗など、鎌倉仏教の僧侶が現われ、奈良法師・山法師などが職人としてとらえられていることは興味深いところです。

このような男性の僧形の人びとは『七十一番歌合』全体の中で二十七種類見られるのですが、そういう宗教者が手工業や芸能に携わることに

覆面姿の職人たち

ついても、ほかの民族とくらべてみると、いろいろおもしろい問題が出てくると思います。

ヨーロッパの場合も、キリスト教の修道院が手工業に携わったり、酒などをつくっていることはご承知のとおりで、修道院には手工業に携わる宗教者がいたのだと思います。しかし中国、朝鮮、インドなどとくらべてみたときどうなるのか。このへんに日本の社会のなかでの仏教、あるいは宗教のありかた、それに関わる商工業をふくむ芸能のありかたの特異性があるのではないかなどと考えるのですが、これも今後、追究すべき大きな問題の一つだと思います。

さらに加えて注目すべきことは、『七十一番歌合』には覆面の職人が出てくることです。この人びとの多くは僧形だと思いますが、まず弓の弦を売る「つるめそ」といわれる弦売、つぎに饅頭売・草履作・硫黄箒売、「穢多」と番いになっている「いたか」、さらに煎じ物売が覆面をしています。この人びとのおそらくほとんどすべてが、中世前期の非人・河原者の流れをくむ人と見て、まちがいないと思います。

煎じ物売

饅頭売

いたか

図38　覆面姿の職人たち（七十一番）

たとえば、弦売は犬神人《いぬじにん》といわれていた人びとで、この人たちが非人とよばれていたことはすでに証明されていますし、草履作も河原者の流れをくむ人びとです。草履作は裏無《うらなし》（藺などで編んだ草履）、板金剛《いたこんごう》（草履の裏に板をつけたもの）や竹の皮やなめし皮の草履をつくっており、河原細工丸とつながることは間違いありません。

「いたか」は流《なが》れ灌頂《かんじょう》（塔婆などを川や海に流して、功徳を回向する法会）をする僧侶でして、ここには「空よみ」といわれていますが、空言《そらごと》をいう人として、中世の後期にきびしい賤視の下におかれている人です。

一休宗純という有名な禅僧が、自分の兄弟弟子養叟《ようそう》を罵倒した『自戒集』という本があるのですが、同じ禅宗のなかから出た人を非難しているだけに、一休がこの本のなかであげた差別語は凄まじいものがあります。養叟は癩病にかかるのですが、一休はそのこと自体を罵倒しており、十五世紀末から十六世紀初のころの差別意識の典型がここからうかがえるといってもよいと思います。そのなかに、イタカは人を魔魅するもの、盗人といわれ、一休は養叟を「異高禅《いたか》」といっており、流れ灌頂をするイタカが当時たいへん卑しめられていたということがよくわかります。

この一休の『自戒集』には「穢多」という言葉をはじめ、唱門師《しょうもじ》、坂者《さかのもの》など驚くべき差別用語が並んでいます。その中に、覆面をした人が施しの銭をとったともいわれており、それは唱門師とも関係していたと思われます。いずれにせよ、覆面をした人が十五世紀の段階では賤視をされていたことは間違いないといってさしつかえないと思います。また、饅頭売についてはよくわかりませんけれど、とくに根拠はありませんが、あるいは『太平記』などに出てくる「肉饅頭」を売っていた可能性がありますし、「煎じ物売」についても茶や薬と関係があり、茶については祇園社に関わる茶摘みが非人と同様の扱いをうけている「宮籠《みやごもり》」という人によって行われていたということとも関係があるのではないかと思われます。

ただ覆面自体にはいろいろな意味があり、おもしろいことには、遊女のところを訪ねて行くときも覆面をする。『七十一番歌合』でも辻子君

さまざまな女性職人たち

の屋を客として訪ねた人が覆面姿をしています（一二四頁）。覆面をすることによって、人ならぬ世界の人になるという意味があったようで、『異形の王権』（平凡社）でもこれについて少し詳しくふれておきましたが、「悪所」といわれた遊女屋へ行くときに覆面するのは、江戸時代にも行われていたようです。しかし、十四世紀以前の覆面は、例えば裹頭《かとう》の法師のようにむしろ人の力を超えた人として、畏れられたのですが、十五世紀以降になると、覆面をした職能民は、人ならぬ人、まさしく「非人」として賤視される立場に立っていたと考えなくてはなりません。

『七十一番歌合』はこのように職人の図像をきわめて細かく書き分けているのですが、女性の職人の場合も、同様に職種による書き分けがされています。この点については後藤紀彦さんが『遊女・傀儡・白拍子』（第一講に既出）のなかで、女性の職能民の図像を、被物《かぶりもの》などによってきれいに色わけして、五つに分類しています。まず、尼衆・比丘尼のように僧侶の姿をした女性がいます。つぎに眉を書いて、髪を長くしている女性があげられます。白拍子・遊女などの芸能民がこういう姿をしていますが、こうしたつくり眉・垂髪の人びとのなかで目立つのは、女性の使う高級品や化粧品を扱う商人、扇売とか白粉売（白い物売り）、帯売、紅粉解《べにとき》などです。つまり女性自身が使う品物を扱う人は、つくり眉・垂髪のお姫様のような格好をしています。

さらに細かく見ると、垂髪はしていますが、本眉、もともとの眉の女性もいます。これもやはり女性の使う品物を扱う、縫物師・組師——組みものをする女性——なのです。

被物をした女性商人の図像もかなり多く見られます。例えば挽入売《ひきれうり》のように、被物をした本眉の女性で、この姿は食料品を売る女性にも多いと思います。また、桂包みというかなり大きな被物をしている本眉の女性もおり、どちらかというと、こういう人の場合には食べ物以外のものを売っている人が多いのですが、全体として女性の物売りは被物をしているところに特徴があります。

しかし、女性の場合、こうした服装や化粧だけで、地位が高いとか低いとかは単純には言いがたい面があります。つくり眉の髪の長い姿をしている立君《たちぎみ》のような遊女もいますが、辻子君《づしぎみ》のなかには被物をしている女性もいます。簡単にスタイルだけで女性の地位をきめてしまうわけにはいかないのです。しかし、これはそれぞれに意味のあることだと思いますので、さらに詳しく検討してみる必要がある問題だと思います。

このように考えていきますと、『三十二番歌合』の三十二種の職種の人びとが、ほとんど烏帽子をかぶっていないということを、一般的な社会の風俗の変化からとらえることもできると、前に述べましたが、やはりそう単純ではなく、『三十二番歌合』で烏帽子をかぶらないで登場している人びとは、詞書がいっているとおり、当時、社会のなかですでに卑しめられはじめている職人の姿を意識的に描こうとしたものだと考えたほうが、よいのではないかと思います。

4　近世へ――職人尽絵と洛中洛外図

職人歌合から職人尽絵・洛中洛外図へ

十五世紀の職人歌合にはまだ中世前期の面影が明らかに残っています。たしかに大きな変化はありますが、その残影は残っている。たとえば、僧形の職人、女性の職人がかなりの数、登場するという点に、それははっきりあらわれていると私は思います。

十六世紀に入ると、職人歌合に代わり、職人尽絵、あるいは洛中洛外図屛風のなかに職人の図像がはめ込まれて、より広い舞台で職人絵が展開しはじめます。十六世紀から十七世紀の初頭にかけて、つまり中世末から近世前期にかけて、こういう作品が数多くつくられていますが、それを見ますと、女性の職人の図像が『七十一番歌合』とくらべて、非常に減っていることは明らかです。遍歴する人、「屋」つまり店棚で働いている職人を含めて、女性の比重は大きく減ってきます。僧形の職人もまったくいないわけではありませんが、これも江戸時代になるとぐっと減っていくので、その点、十五世紀の歌合に、僧形や女性の職人がかなりたくさんみられるということに、なお中世前期の影が残っているともいえると思います。

ただしかし、いままで詳しく述べてきましたように、中世前期との非常に大きなちがいも、明らかで、分化した職能に応じて非常に細かく図像が描き分けられており、しかも、図像をみても、職能民全体の社会的な地位が、中世前期にくらべて低下してきた様子がうかがえるように思われます。烏帽子をつけた職人も、裸の姿で図像化されているということ自体に、そのことは多少ともうかがえると思います。やがて「士農工商」などという言葉が通用するようになり、農業よりも下の身分に工商の職能民が位置づけられる兆候は、すでに十五世紀の職人歌合にうかがえるといっていいのです。

しかも、その著しく分化した職能のなかで、一部の職能民については、図像そのものが、かなり露骨にその賤視されている状況を表現するように描かれていることにも注目をしておく必要があります。これは中世前

図39　17世紀の『職人尽倭画』（模本。国会図書館蔵）

強調される職人の分化

期の歌合には見られない点であるといわなくてはならないと思います。

この点が十六世紀以後の職人尽絵や洛中洛外図にどのように展開していくかという問題は、まだまだ未発掘の史料が多いし、細かい検討が始められたのも比較的最近のことなので、これからの課題なのですが、大まかに展望してみますと、まず注目すべきことは、「屋」、つまり作業場ないし店棚を持って活動をしている職人と、路上や河原などで作業をしている職人、それから遍歴して生業を営む職人が、いよいよ明確に書き分けられるようになってきたという点です。十七世紀になると、これはきわめてはっきりと書き分けられていきます。

ただ、こうした職人尽絵・洛中洛外図・社寺参詣曼荼羅に描かれている職人の図像が、その描かれた時点の職人の姿を示しているといえるかどうかについては、かなり問題が残っていますので注意する必要があります。

たとえば『東北院歌合』十二番本の檜物師《ひものし》の図像は、長い木の皮をもって作業をしていますが、このスタイルの図像、定型化した図像が、十

十二番本

『職人尽倭画』より（国会図書館蔵）

図40　檜物師の定型化

六世紀、十七世紀前半にいたっても、そのまま絵のなかにはめ込まれることがあるようです。もちろん細かい点でいろいろ変化は出てきますが、職人図像は固定化する傾向がありますので、十六、十七世紀に描かれた職人の図像を、当時の事実と断定する前に、いちおう史料批判をしてみる必要があると思います。

しかし、全体の描きかたの上では、職人歌合から職人尽絵、洛中洛外図屛風になると、いろいろなスタイルはあるにせよ、道に沿った町並みで、屋に紋をもった幕や、のれんを垂らして、そのなかで商売をしたり、仕事をしたりしている職人と、桶結《おけゆい》のように道路上で仕事をしている職人とがはっきり区別されるようになります。そうした職人とその営業場所との関連でおもしろいのは、橋詰（橋のたもと）にたいてい髪結がいることです。文献史料からも髪結と橋とは深い関係があって、江戸時代、橋の消防や見張りは髪結にやらせていることがわかります。なぜなのかよくわかっていませんが、橋のたもとと髪結とは結びついており、そうした図像が出てきます。それから遍歴し、門付《かどつけ》をしながら歩いている芸能民、獅子舞やこの時代になって出てくる春駒《はるこま》、節季《せき》ぞろなども多く見られますが、これは、道を歩きながら遍歴している姿で描かれています。物売りもそうした姿で出てきますが、このように職人の性格に即して、

女性・僧体は激減

かなりはっきりした描き分けが行われるようになってきます。

『七十一番歌合』にはすでにその先駆形態があらわれていますが、それが町並・都市の場と結びついて描かれるようになってくるのが、十六、七世紀のこうした新しいジャンルの絵画の特徴です。一方、女性や僧形の職人は著しく減ってくる。たとえば、扇売りは中世以来女性で、文献史料にも女性の扇売りが出てきます。それによって十六世紀ぐらいまでは扇売りが女性であったことがわかりますが、十七世紀に入ると、扇売りも女性ではなくなってしまうようです。この時期も女性の公的な活動はけっして完全に消えてしまったのではなく、商人の世界では女性がずいぶん実質的な力をもっていたようですが、表は男という原則が十六、七世紀にはさらに強く貫徹しはじめたと思われます。

また僧侶姿の職人がきわめて少なくなってきます。もちろん芸能民のなかでは琵琶法師などに、当然僧形の人は残っていますが、比重としては、『七十一番歌合』にくらべてぐっと減ってくる。これは商工業の一層の世俗化をはっきりと物語っているといってよかろうと思います。

西国中心の職人論

中世前期と後期のあいだの転換の意味の大きさを私は強調したいのですが、中世後期にあらわれてきた前期と異なるさまざまな要素が、近世的なかたちに定着していく経緯を、職人尽絵と洛中洛外図をたどっていくと、具体的に明らかにすることが可能だと思います。

5　残された課題

これらはすべて今後の課題にゆだねざるをえないのですが、もう一つ、どうしてもふれておかなくてはならないのは、職人のあり方の地域性の問題です。職人歌合に即してでは、この問題にふれるのはむずかしいところがあって、ちょっと困るのですが、要するに、職人歌合の世界は都を中心とした世界で、広くみても西日本の職人のありかたが描かれているにすぎない、ということなのです。『鶴岡放生会歌合』は鎌倉が舞台なので、ここには東国の職人の特質が多少あらわれているとは思います。

しかし東国のなかで、鎌倉は特異な位置づけを持っており、京都に近いところがあります。

たとえば、中世前期の非人は西日本では畿内を中心に各地の史料にみられますが、東日本では越後に唯一つ非人所が出てくる史料がありますが、これも西日本の非人と同じかどうか、かなり問題があり、それを除くと、東日本の文献史料に「非人」がでてくるのは、鎌倉しかないのです。そのように、鎌倉は東国のなかにあって、京都の影響を強く受けているのだと思います。ただ『鶴岡放生会歌合』は、『東北院歌合』の十二番本に出てこない職人だけを意識的にとりあげているようで、その点に多少とも東国的な特色がみられる可能性はある。これも今後十分検討しなければ簡単にはいえませんけれども、しかしこれを東国そのものであるとは直ちにはいえません。やはり歌合というジャンルの影響があって、『鶴岡放生会歌合』の場合にも、西国的な匂いがかなり強いといわざるをえないのです。ですから、これまで職人歌合に即して述べてきたことは、否応なしに西日本中心の話にならざるをえなかったところがあります。

では、東日本と西日本の職能民・職人のあり方はどうちがうのか、これも単純にはいえないのですが、一つ、かなりはっきりいえるのではないかと思っていますのは、九州まで含めた西日本とはちがって、東日本の職能民は、天皇の供御人や神仏直属の神人・寄人になっていない。神人・供御人制、供御人・神人・寄人の身分は、東日本には定着しなかったということです。職能民が神人・寄人となった事例の文献上の所見は、東国にはほとんどまったくありません。むしろ東国の職能民は、御家人と同じような世俗的な主従関係の中にあり、主人をえらべるような自由な関係を支配層と結んでいたことを確認することができます。つまり職能民が、神仏のようにこの世の人の力を超えたものと結びつくというとらえかたは、東日本では余りみられなかったのではないかと思われるのです。しかしどうしてそうなのかということは、まだ解けておりません。ただこの場合、鎌倉仏教との関係を考えてみることが、恐らく必要なのではないかと思います。

東国職人と差別

また、先ほど述べたように、職能民に対する賤視のありかたもかなりちがっていたと思われます。もちろん東国にまったく非人が存在しなかったわけではないし、江戸時代以降、東日本に被差別民がいることはいうまでもありません。被差別部落の問題は、日本列島の、少なくとも本州・四国・九州の問題、つまり前近代に「日本国」の支配下に置かれた地域全体の問題であることはまちがいないのですが、それにしても、中世の非人の史料的な所見がほとんどないことを含めて、西日本のような差別の進行、差別のありかたと、東日本の状況は多少ちがっていたことは確実だと思われるのです。

東と西の差異

その理由をどこに求めたらよいかについては簡単に結論は出せませんが、私はここに東日本と西日本の社会の体質上のちがいが現われていると思います。それを民族の差とまでいってよいかどうかについては、簡単にはいえないと思いますが、民族が異なるといえるほどの体質のちがいが、東日本の社会と西日本の社会の間にはあったのではないかと、考えることもできるのではないかと思っています。

アイヌと琉球

アイヌの場合、職能民はまだ本格的な問題にはなりにくいと思いますが、本州・四国・九州とは別の独自な王権をもち、日本国とは別個の琉球王国として長い歴史を持つ琉球における職能民のありかたは、今後意識的に追究してみる必要があります。

現在のところ琉球には西日本のような穢れによる差別はなく、こうした形の被差別部落はなかったといわれています。今後はそこまで視野を広げませんと、日本の社会における職人、職能民の問題も、ほんとうの意味で全面的に明らかにすることはできないと私は思っております。

「百姓」は農民にあらず

もう一つの問題も、これまでの話の中では、テーマの性質上、ほとんどふれられなかったことですが、前近代の人口の圧倒的な多数を占める「百姓」、つまり平民身分の人びとの中に、海民・山民をはじめ、非農業的な生業、商業・手工業などを生活の中心においていた人たちが、古代から近世まで、相当の数いたという事実を考えておかなくてはなりません。

これまで、日本人は「百姓」というとすぐに農民と考えてきましたが、これは明確な誤りで、「百姓」という言葉には「農民」という意味は全く入っていませんし、実態としても百姓は決して農業だけをやっていたわけではありませんでした。むしろ大部分の百姓が農業とともに、絹・麻の織物、編物などの手工業から木器の生産、山での採集や河海での漁撈、さらにそうした品物の販売等々になんらかの形で関わっており、その中にはそうした生業をほとんど専業的に営んでいる人びとも、決して少なくなかったのです。

江戸時代になると、このことは非常にはっきりしてくるので、その当初から、一年の生活のほとんどを廻船、商業、金融、手工業、漁撈、製塩、山仕事などに従事し、ごくわずかな時間を田畑の耕作に充てている百姓や、田畑を持つ必要がないほど、こうした生業に専ら従事する、非常に豊かな「水呑百姓」のいたことも明らかにされています（泉雅博「近世北陸における無高民の存在形態」、『史学雑誌』一〇一編一号）。

これは中世に遡っても同様で、まえに僧形の人びとが百姓の中に多かったとのべましたが、製塩・漁撈・廻船交易や製紙・製鉄に専ら携わり、蔵本、借上といわれ、細工、笛吹とよばれた人びとも、百姓の中には少なからず見出すことができるのです。このような、百姓、つまり平民の中の非農業的・職能民的な要素が、社会全体の中でどの程度の比重を持っているかについては、これまで歴史研究者も百姓は農民と思いこんで史料を読んできましたので——じつは私自身も最近までそうだったのです——、まだ十分に測定することはできませんけれども、これまで常識的に考えられてきた程度よりも、はるかにその比重が大きかったことは確実です。

前近代の日本の社会は農業社会だったなどとは決していい切れません。古代以来、かなりの比重で非農業的要素を含んでおり、十四世紀以降の社会は相当程度、都市的な色彩が強かったと考えなくてはならない、と私は思っています。

ここでお話ししてきた職人の世界が、このような広い背景と深い根を持っていたことを見落としてはならないので、古代の品部《しなべ》・雑戸《ざっこ》、中世の供御人《くごにん》・神人《じにん》・寄人、近世の町人・職人のように、国家が職能民として公認した人びとは、現実の職能民の中の一部にすぎないのです。

ただ、これについては、今後、さらに研究する必要のある分野が広くあり、残された問題はたいへん多いので、ここでは一言するにとどめておきます。

おわりに

このように、職人の問題はただ一部の職能民の問題というだけではなく、日本列島の社会全体、あるいは国家の本質にふれる問題の一つであり、それだけに日本文化を考える場合に大変重要な意味があるといわなくてはなりません。日本文化を少し狭く考えると、芸能や伝統的な技術がすぐ思いうかびますが、その担い手こそまさしく職人であり、それは社会全体に広大な基盤を持っているのですから、職能民の問題は日本文化論、日本社会論の中に、重要な比重をもつ問題といってまちがいないと思います。

しかしこれまで、職人・職能民の問題が日本の社会の中で、たしかに大事だけれども、比重の小さい特殊な問題と考えられてきたことは、否定し難い事実です。それはいまのべたように、歴史研究者を含む日本人が「百姓は農民」と思いこんできたことと深い関係にありますが、そうした思いこみを日本人の意識に浸透させた大きな要因は、古代以来近世まで、土地を課税の主要な基礎とし、それ故に百姓が農民であることを強く求めた、国家の意志だったということができます。

国家が身分として公認した職能民が、社会全体の職能民の一部にすぎなかったのも、もちろんこれと同じ根を持っていますが、どうしてこのようなことになっていったのかは、まだ十分に明らかにされていません。「百姓は農民」という「常識」の誤りが明らかになった以上、われわれは直ちに、この誤りによって生じた日本史像、日本社会像の偏り、非農業民、職能民の果してきた役割の不当な軽視を一日も早く改めるための努力を始めなくてはならないと思いますが、これは決して、現在の生活から縁の遠い昔の問題ではないのです。日本人が自らを正確に認識することは、今後の日本がその進路を誤りなく進むために、絶対に必要なことです。

余り目立たない史料であるために、これまでほとんど目を向けられなかったのですが、職人歌合がこうした諸問題を考える上で重要な意味をもっており、いろいろな手掛かりを与えてくれることはまちがいないと思います。ですから、こんどの岩波書店の新日本古典文学大系に『七十一番歌合』が収録されると、非常に広い範囲にわたる多数の読者によってこれが読まれることになるので、その意味は大変大きいと思います。それによって、ここで私が述べてきたような貧弱な内容にとどまることなく、たくさんの方々によって、職能民の問題が広い視野から追究されるようになれば、それを日本文化の本質にまでふれる問題として、さらに深く明らかにしていくことができるのではないかと大いに期待している次第です。

あとがき

本書は、一九九〇年三月一日、三月八日、三月十五日の三回、岩波市民セミナーの古典講読シリーズの一環として行なった話に、若干の筆を加えてまとめたものである。

本文でもしばしばのべたように、「職人歌合」の本格的な研究は、最近、緒についたばかりで、未解決な問題はきわめて多い。それ故、本書でのべたことも、底の浅く、なお試論の域を出ない部分が多く、是正されなくてはならない誤りも多々含まれていると思う。

しかし、このような興味深く重要な作品群の研究が、これほどまで未開拓のままにとどまっている現状そのものに、現代の日本人の「常識」の偏り、それを背景にするとともに助長すらしてきた学界の研究動向の大きな偏りが、端的に現われているといわざるをえない。そうした現状を打開し、ここで、「職人」とよばれているさまざまな人びとの果してきた役割を、日本の社会・文化の歴史の中に、真に正当に位置づけるために、なすべき仕事は文字通り尨大にあり、それを実現するには、社会全体の幅広い関心に支えられた、多角的かつ大量な研究作業を厚く積み重ねることが必要であろう。

そこにいたるまで、まだかなりの年月のかかることが予想されるが、将来の研究の新たな展開に、わずかなりとも寄与することができればと考え、全く未熟、杜撰で、内容の薄いことを十分に承知の上で、あえてこのような形にして、本書を世に送ることとした。

もしもこれが、職人の世界への関心を喚起するごく小さな手掛かりにでもなれば、望外の幸であるが、願わくば大方のきびしい御批判をいただきつつ、私もまた、今後、この分野の研究作業の一端を担い、歩みつづけていきたいと思う。

なお、セミナーのときから、本書が形をなすまでのすべての経過を通じて、一方ならぬ御世話になった編集部の小島潔氏に、心から御礼を申し上げる。

一九九二年十月十五日

網野善彦

＊　本書で使用した各歌合の職人図像の出所は以下の通りである。

『東北院歌合』五番本　東京国立博物館蔵本（重文。Image: TNM Image Archives）
同　十二番本　国立公文書館内閣文庫蔵本
『鶴岡放生会歌合』　個人蔵
『三十二番職人歌合』　天理大学附属天理図書館蔵本
『七十一番職人歌合』　群書類従本

解説――職人歌合の可能性

藤原良章

本書の元本は、一九九〇年に開催された、岩波市民セミナーでの講演をまとめたものである。これは、古典講読シリーズの一環として行われたものではあったが、古典の地の文について理解を深めようとするものというよりは、職人歌合なる「古典」が何故生み出され、また、それを検討する中から、どのような歴史的事実を理解することができるのか、ということに焦点を当てたものといった方がいいだろう。都合三度にわたって行われた講演のそれぞれの内容について、簡単に俯瞰していきたい。

第一講では、研究の現状、職人歌合の概略、職能民の歴史、職人歌合の構造について触れられている。研究の現状については後に触れることにして、特に注目すべきは、『西洋職人づくし』との比較から得られる、次のような指摘であろう。すなわち、ドイツで作成された

『西洋職人づくし』が、詩を作った人物も、絵を描いた人物も、いずれもが遍歴職人であること、それに対して、日本の職人歌合は、貴族的な性格を持っているという相違である。職人歌合は、様々な職種のいわゆる職人が左右に分かれ、月や恋、あるいは花と述懐などの題について歌を競い合い、判者が判定を下す、という体裁をとっているが、じつは実際に歌を詠んだのは、職人そのものではなく、あくまでも貴族や僧侶といった人々が、自らを職人に仮託して作ったものなのである。絵にしても、宮廷絵師をはじめ、やはり貴族などがあたったものと考えられている。

このことからも、従来は、貴族的な和歌、あるいは絵画の本流から見れば、職人歌合は亜流、末流と位置づけられてきたこと、いわば、本流から外れた「狂歌」の一種として位置づけられ、それこそが、職人歌合というジャンルが、美術史・文学史の中で本格的な学問研究の対象にはならなかったことの大きな理由である、とする。

これに対して著者は、「なぜこうした職能民に対する強い関心が、天皇を含む高位の貴族のなかに生まれ、それがなぜ歌合、絵巻物という形式に定着し、多くの作品を生み出していったのか。いろいろな分野の総合ともいうべきこのような作品が、なぜ一つのジャンルとして実を結ぶことになったのか」という疑問をつきつける。そして、「四種五作品」ともいわれる中世の職人歌合が、近世に大量の模本が作られ世に広まったこと、などをふまえ、こうした形式の作品がなぜ生まれたのかという問題が、「日本の社会・文化の根本的な問題につながるといってもよい」と指摘している。

つまり、これまで亜流扱いを受けてきた職人歌合ではあるが、実にそこにこそ、中世という時代を読み解く重要な鍵が秘められているということであり、いかに著者が職人歌合研究に情熱を注ごうとしていたかがよくうかがわれよう。

続いて第二講では、「四種五作品」といわれる職人歌合であるが、時期によってその性格が大きく異なることからはじめ、中世前期の職能民の実態、職人歌合の中における職人像の変貌、そして、実社会でもじつは同じような変貌を遂げていたことなどが示される。

ひとたび職人歌合を離れて職能民の実態について論じ、十一・十二世紀にかけて職能民集団の主だった人々が、供御人・神人・寄人といった称号を与えられるようになっていたこと、そして、彼らが神仏をはじめとした「聖なるもの」に奉仕する人々であったことが示される。従来は、彼らが「神奴」などと呼ばれたことなどから、職能民を奴隷のような、隷属を強いられた人々とすることが多かったが、しかし、彼らの中には、少なからず官職を持っているものがおり、それは彼らがいわば侍クラスの身分であり、その社会的地位は決して低いものではなく、むしろ特権さえ与えられていたことを強調する。こうした職能民のあり方は、世界史的に見れば、「神聖王ともいわれるような未開な王権とのかかわりで、人類社会のなかに広くこういう職能民のありかたが見られる」といった具合に、日本中世の社会論に及んでいく。それは、かなりプリミティブな要素をもった社会、分業が未成熟で、未開で呪術的なものを残した社会であったとする。

ところが、十五世紀後半に作成された職人歌合に現れるようになる非人・河原者については、やはり職能民として捉えられるものの、彼らは明らかに卑しめられた存在であったことが指摘される。そして、その背景には、ほぼ十四世紀を境にして日本の社会が全体としてかなりの変化を遂げたことがあったのではないか、という持論を掲げる。

最後の第三講は、再び職人歌合自体に立ち返り、その特徴について論じている。

まずは男性の烏帽子姿である。烏帽子は、中世において一般成年男子としては、常にかぶっていなければならないものであった。それ無しに人前に姿をさらすことは、恥辱でさえあった。そして十四世紀以前に成立したものでは、烏帽子をつけている男性を基軸としていることが指摘され、この時代の職人の地位の高さが、絵にもはっきりと反映されているとする。

また、女性についても、多くの職能民が見られること、それは、ドイツの『西洋職人づくし』にはほとんど見られず、こうした点にも日本社会の特質が見られるが、それも十四世紀以前の方にその傾向が強く見られるとする。

それが、十五世紀の職人歌合では、烏帽子をかぶらない男性が増え、覆面に笠、といった「非人」として賤視される姿などで描かれるようになるといった大きな相違があること、ただし、女性については、割合は以前よりは減るとはいえ、女性の職能民がそれなりに見られること、女性の姿・化粧などについては、さらに詳しく検討する必要のあること、が指摘される。

以上が大まかな内容であるが、では、本書は、いわゆる網野史学の中で、どのような位置づけがなされるのであろうか。

＊

いわゆる網野史学とは、一言で言うとすれば、いわゆる戦後マルクス主義歴史学に対する「アンチ」の提示である。もちろん、著者自身、本来はその中に身を投じた研究者であった。だから、当初の研究課題は荘園にあったのであり、初めての研究成果である「若狭における封建革命」（『歴史評論』二七、一九五一年一月）は、古代の奴隷制から中世の農奴制への発展、そして領主制＝封建制の確立という、当時常識とされていたシェーマに立脚して構想されたものであった。鎌倉幕府について「しかしこの権力は自らの負わされた歴史的使命、すなわち一切の古代的権力、古代的経済制を一掃し、領主制の自由な発展を保証すべき使命を完全に果しえなかった」などのフレーズがあることも、それをはっきりと物語っている。

しかし、周知のとおり著者は、この論文を自ら否定してしまったのである。それは、『中世東寺と東寺領荘園』（東京大学出版会、一九七八年）の序章で、次のような文脈の中で語られている。

石母田正の『中世的世界の形成』（伊藤書店、一九四六年、後、岩波文庫、一九八五年）は、戦後の荘園研究の出発点となったものである。しかし、その中で石母田が、歴史学に必須の精神として、「遺された歯の一片から死滅した過去の動物の全体を復元して見せる古生物学者の大胆さ」をあげたことを著者は批判し、「この書で展開された鮮やかな理論、あるいは烈しい気魄と情熱に導びかれて個別荘園の研究に入り、荘園の歴史を書こうとしたものが、ある場合は、どこの荘園でも同じような、没個性的な、石母田の理論とシェーマの検証、繰返し、模倣に陥」ったのであり、「その最悪の例の一つは、拙稿「若狭における封建革命」（中略）であり、石母田と松本新八郎のシェーマの適用、「剽窃」の一種であるといってもよかろう」と自己批判したのである。そしてそれは、「過去の自分に巣喰った観念的な物の見方、なにかすでに形のきまった定式の枠に史料をあてはめて「読む」ような姿勢との闘い」を促し、「あるがままの文書を素直に読み、疑問を解明し、事実を発見していく喜びを、はじめてわずかながら味わうこと」ができるようになったのだという（同書、あとがき）。

このような新たな出発点から書きあげられたのが、著者の最初の著書である『中世荘園の様相』（塙書房、一九六六年）であった。そしていわゆる荘園研究の殻から脱皮して出版されたものこそ、かの名著、『蒙古襲来』である。

＊

『蒙古襲来』は、一九七四年に小学館の通史の一冊として刊行されたものであり、鎌倉時代の後半をその時代対象としている（後、小学館文庫、二〇〇一年）。全巻が、すさまじいばかりの緊張感に包まれたこの著書は、大きな驚きをもって迎えられた。

もちろん通史であるから、当該時代の政治史の流れがきっちりと押さえられている。それも、鎌倉幕府内部の抗争について、小気味のよいほど丁寧に捉えられ、それだけでも十分な読み応えを持っている。例えば本論の導入は「「撫民」と専制」と題され、それぞれ「宮将軍の東下」、「北条時頼とその時代」、「批判者の出現」に分けられている。「批判者」は言うまでもなく、鎌倉新仏教の巨人、日蓮である。このように、政治の流れなどについては、すさまじく鮮烈であるとともに、それなりにオーソドックスな面も持っているのである。しかし、それに続くものが、「二つの世界、二つの政治」であり、それが「田畠を耕す人々」、「海に生きた人々」、「「殺生」を業とする人々」、「交通と流通に関わる人々」からなっていたことは、当時の通史としては実に異例なものであった。しばらく政治や合戦の記述が続くと、また、「百姓と「職人」」と題して、「「惣百姓」と「一円領」の出現」、「道々の細工」、「交通路と関所」がならび、一つとばすと、「転換する社会」の題のもと、「悪党・海賊の躍動」、「分化する村落と都市」が叙述される。まさに一方で農業を捉え、また一方では、交通に関わった人々・海人・商工業者・悪党・海賊等々といった、いわゆる非農業民をも前面にだして、広く社会のあり方に目を向けていたことが知られよう。

この非農業民なる言葉について著者は、著書『日本中世の非農業民と天皇』(岩波書店、一九八四年)の「序章 Ⅲ 非農業民」の中で、「ここで非農業民というのは、農業以外の生業に主として携わり、山野河海、市・津・泊・道などの場を生活の舞台としている人々、海民・山民をはじめ、商工民・芸能民等々をさしている」と定義した上で、この言葉を使い始めたのは、高取正男や戸田芳美であったが、例えば戸田が、「「非農業民」というような消極的術語をひとり歩きさせたくない」として、「最近」この言葉を使用することに消極的、否定的になっていることを指摘、しかし、

にも拘らず、この言葉をあえて本書で表に出す理由は、それが少なくとも中世前期の前述した人々の総称としては、決して不適切ではなく、また前述したように、これまでの中世社会論が、中世後期に都市が分化してからはともかく、対立するかに見える黒田と永原の場合においても、専ら封建領主による農民支配を基軸にして立論されており、その身分論には非農業民―「職人」の位置づけを欠いているのに対して、多少とも批判的視角を明確にするためにも、なお有効と考えたからにほかならない。

と、明確に位置づけており、こうした著者の社会論の特徴が、第二作である『蒙古襲来』で、既に確立していたことを知ることができるのである。第一作の『中世荘園の様相』にもその萌芽が含まれていることも見るならば（なぜならば、のちに触れる『無縁・公界・楽』の「あとがき」で、著者は、そのテーマを考えるようになったきっかけが「二十五年ほど前」だったとしており、それは一九五三年頃にあたり、『中世東寺と東寺領荘園』「あとがき」には、「一九五三年夏、自らの空虚さを身にしみて知らされる機会があり、ほそぼそと勉強を

やり直しはじめていたころ」と、明記されているからである）、それは、いわゆる網野史学の根幹の一つを成す重要な要素であったことに異論はないであろう。そうした意味では、まさに著者が切り開いた分野であった。

しかも、『蒙古襲来』の巻頭におかれた「飛礫・博奕・道祖神——はじめに」というきわめて印象的な書き出し部分において、

中世、たびたびつくられた「職人歌合」のなかで、鎌倉後期に成立した『東北院職人歌合』がもっとも古い。

と、そこには既に職人歌合の名前がはっきりと盛り込まれていたのである。もちろん、この場合、職人歌合そのものが問題とされたわけではなく、あくまでも、博奕が芸能であり、その博奕打ちも漂泊の民であったことを語る「ふり」としてではあったが、いわゆる網野史学が、こうした非農業民を大きな前提として成り立っていたこと、それ故、職人歌合のような史料にも、既に着目していたことは、本書の意義を考える上でも、重要であろう。

さらに、網野史学を著名なものへ押し上げ、盛んな論争を引き起こしたことでも知られる『無縁・公界・楽——日本中世の自由と平和』（平凡社選書、一九七八年、後、平凡社ライブラリー［増補］、一九九六年）も、「無縁＝自由」をテーマとしたものであったが、「あとがき」に、

「遍歴する「自由」な非農業民が、中世、広く活動していたことが事実であるならば、日本中世における「自由」、を本当に問題にしうるのではないか、と思ったのである」という一文に明らかなとおり、多くの要素を含みながらも、その検討対象としたものが、都市的空間を舞台に活躍する、非農業民の一群であったことに、異論はないだろう。

このように見てくるならば、著者が、職人歌合を直接のテーマとして研究を行うことも、当然行き着いた、一つの到達点なのであった。そして著者は、本書の結びの部分で、

岩波書店の新日本古典文学大系に『七十一番歌合』が収録されると、非常に広い範囲にわたる多数の読者によってこれが読まれることになるので、その意味は大変大きいと思います。(中略)たくさんの方々によって、職能民の問題が広い視野から追求されるようになれば、それを日本文化の本質にまでふれる問題として、さらに深く明らかにしていくことができるのではないかと大いに期待している次第です。

という具合に、職人歌合研究の可能性を「日本文化の本質」というところまで深く考えているのである。

先ほどの本書の紹介部分で、敢えて触れなかったところがある。それは、第一講本論の冒頭で触れられた「1 研究の現状」で、職人歌合の研究史に触れ、戦前の豊田武・遠藤元男

などの研究もあるが、本格的な研究が進みはじめたのが一九八〇年代前後であったこと、その画期的な研究の一つが、『日本の美術』一三二号（至文堂、一九七七年）でまとめられた石田尚豊「職人尽絵」であること、文学などの分野でも、並行して成果が見られたことなどに触れたあと、次のように記している。

またこの動きとほぼ並行して、歴史学の分野でも、これまでのもっぱら農業中心、とくに水田中心に日本社会を見る七〇年代まで支配的だった見方に対する反省がようやく広がってきて、職能民に対する関心もずいぶん高まってきました。かつて、私がこの岩波書店の市民講座で話した内容が『日本中世の民衆像』という岩波新書として一九八〇年に発刊されていますが、八〇年代に入ると、それ以前の状況からは想像もつかないほど、研究が広い範囲で蓄積されるようになってきました。

このあとに具体的な研究が挙げられているが、それは本文に任せるとして、ここで表明されているのは、かつて著者が開拓した非農業民をはじめとした、非農業の分野について、もともと著者の孤軍奮闘の感のあったそれまでの状況から、幅広く研究が行われるように変わってきたという、大きな潮流の激動であった。これは、著者による、自身の仕事についての大いなる自信の表明に他ならない。先ほど、一つの到達点であることを書いた。しかし、それはただの到達点ではない。著者の、著者による自信に満ちた到達点だったのである。

＊

二〇〇〇年の三月頃のことであった。何のことだったかは定かではないが、所用があって、著者のご自宅に電話をかけさせていただいたことがあった。すると、

「いやあ、肺がんが見つかっちゃってね。これから家族で一杯やるところなんですよ。」

妙に明るい声で語られたその言葉に、私は心が凍りついたことをはっきりと記憶している。相当なご苦労をして手術を受けられたが、なお、復帰に向けてその研究に対する意欲はまったく衰えることはなかった。

同年九月二日・三日の両日にわたり、帝京大学山梨文化財研究所にて開催された中世都市研究会第八回研究集会「都市と職能民」でも、基調講演者として全体を統括され、在家人の問題、あるいは、本書に直接関わる「中世の非人・河原者」などをテーマとして講演され、

恐らく主として明治につくられたイメージが、我々研究者を含めて日本人を極めて強く規制しているのだと思いますが、この見方を克服して、農業と非農業の比重を正確に位置づけた上で、その全体を見通した誤りのない社会像を描く必要があります。

と自説を展開し、翌年九月十五日刊行の『中世都市研究8 都市と職能民』（新人物往来社、二〇〇一年）に、まさに「都市と職能民」と題して収められた。また、二〇〇〇年十月には、『日本の歴史00「日本」とは何か』（講談社）、二〇〇三年二月には共著『日本の中世6 都市と職能民の活動』（中央公論新社）も刊行されるなど、活動を精力的に続けていた。それは、著者の強靭な精神力に裏付けられたものだったのであろう。

私も、かねて依頼されていた「中世の市庭」（網野善彦・石井進・稲垣泰彦・永原慶二編『講座日本荘園史3 荘園の構造』吉川弘文館、二〇〇三年、所収）を何とか書きあげ、編集委員でもあった著者より、電話をいただいたことがあった。それは、書きあげたことに対する謝礼と、本講座のもともとの構成案では「職人と市場」であったのに、何故「中世の市庭」へ変更したのかをはっきり書け、ということであった。私はやむを得ず、次のような一文を付け加えた。

なお、本講座の本来の構成案で与えられたテーマは、「職人と市場」であり、内容的には、「村落および村落を越えた生活における交換のあり方・市の機能や場・職人の存在形態など」であった。しかし、私が執筆の依頼を受けた時点では、本講座第一巻『荘園入門』がすでに発刊されており、その中で網野善彦「荘園史の視角」が、相当の紙数を用いながら、生産・生活用具の交易の実態、およびそうした交流を担った供御人・神人・供祭人・寄人などの職能民の実態について、きわめて詳細に論及しており、さらに補足する用意もなかったため、テーマを標題のごとく変更していただいたことを、ここで断っておきたい。

何とも、恐ろしい話であった。

二〇〇四年二月、私は、考古学の仲間などと金沢へ行っていた。灌頂札をはじめとした、珍しい遺物などを見学させていただくためであった。その現場で、「網野先生が亡くなられたらしい」との情報が流れ、それが事実だということを、インターネット上で確認することとなってしまった。その夜、私たちは、金沢でささやかな追悼の会を催した。

＊

本書の中で気になるところがある。「おわりに」の部分である。本書の刊行について、将来の研究の新たな展開に、わずかなりとも寄与することができればと考え、全く未熟、杜撰で、内容の薄いことを十分に承知の上で、あえてこのような形にして、本書を世に送ることとした。

額面どおりに読めば、何とも「自虐的」なこの一文を、私たちはどう捉えるべきなのだろうか。この辺については、もう「藪の中」以外のなにものでもない。ただ、私自身の個人的な想いはこうである。著者は、あえてこのような文言を並べ立てることにより、このあとで、きっちりとした論文集なりを出す予定である、ということをむしろ表明していたのだろう、と。

常にそうだった。一般向けの著書があり、それに続いて次々と学術論文が書かれ、それが論文集となる。これが網野流のやり方であった。もし仮に病魔に冒されることがなかったならば、著者は必ずや新たな著書をもって職人歌合について多くの新しい知見を、そして日本社会論・文化論を披露してくれたのであろう、と思う。その意味で、本書は到達点であるとともに、著者にとっての、新たな出発点でもあったのだろう。

本文中でも触れられた『七十一番職人歌合』については、著者をはじめとした職人歌合研究会のメンバーが分担して職種解説を行い、本文の校訂・注釈をやはりメンバーの岩崎佳枝が担当して、『新日本古典文学大系61 七十一番職人歌合 新撰狂歌集 古今夷曲集』としてすでに刊行されている（岩波書店、一九九三年）。今後、著者の意志を継いで職人歌合研究が進展するためにも、本書の意義は計り知れない。

（ふじわら よしあき／日本中世史）

平凡社ライブラリー　763

職人歌合《しょくにんうたあわせ》

発行日…………2012年5月10日　初版第1刷

著者……………網野善彦
発行者…………石川順一
発行所…………株式会社平凡社
〒101-0051　東京都千代田区神田神保町3-29
電話　東京(03)3230-6579[編集]
東京(03)3230-6572[営業]
振替　00180-0-29639

印刷・製本……株式会社東京印書館
DTP…………エコーインテック株式会社＋平凡社制作
装幀……………中垣信夫

ISBN978-4-582-76763-6
NDC分類番号911.18
B6変型判（16.0cm）　総ページ240

平凡社ホームページ　http://www.heibonsha.co.jp/

平凡社ライブラリー　既刊より

【日本史・文化史】